Für Christian

Michael Harzl

Die Effizienz in der Pendeluhr oder wie der Menschenverstand aus derselben erwacht

Ein Reisebericht der etwas anderen Art

© **2013** Michael Harzl, www.bhc-austria.com
Herstellung und Verlag:
BoD – Books on Demand, Norderstedt
ISBN 978-3-732-23161-4

Inhalt:

Dieses Buch hat durchaus Inhalt, hier eine kurze Gliederung zur besseren Übersicht:

Vorwort von Josef Buttinger..	8
Einleitung:	
Jesus lebt – ich sah ihn im Supermarkt von Villeneuve Loubet..	11
1.) Zwiegespräch über den Wolken...........................	14
2.) Wenn der himmlische Vater mit dem Sohne........	18
3.) Wenn einer eine Reise tut.....................................	21
4.) Die Effizienz in der Penduluhr - oder wie der Menschenverstand aus derselben erwacht. Ein Reisebericht der etwas anderen Art...........................	26
Tag 1 – Vor Gott sind alle Menschen gleich. Das gilt auch für jene, die behaupten ungleicher zu sein.	27
Tag 2 – Gott ist eine Frau...	46
Tag 3 – Politik und Konzerne...................................	64
Intermezzo: Die Sorgen eines Himmelvaters............	89
Tag 4 – Die Kirche im Dorf lassen...........................	91
Tag 5 – Menschliches Regelwerk und autogame Expertisen...	109
Tag 6 – Von Menschenverstand und Pendeltheorie	132
Tag 7 – Jesus und der Lodenmantel..........................	151
5.) Jesus ist heimgekommen.....................................	160
Epilog...	172

Danksagung:

Ich danke ihnen, verehrter Leser, dass sie dieses Buch zur Hand genommen haben und wünsche ihnen kurzweilige Stunden und viel Freude beim Lesen!

Vorwort:

(Von meinem Freund Josef Buttinger. Danke Sepp!)

Die meisten Autoren suchen sich nahmhafte Persönlichkeiten als Vorwortschreiber, vielleicht um einem Buch dadurch noch mehr Gewicht und Bedeutung zu verleihen. Wie Sie unschwer erkennen werden, ist dies hier in keinster Weise der Fall. Dass ausgerechnet ich dieses Vorwort schreiben darf, ist wahrscheinlich darauf zurück zu führen, dass mir der Autor in einem gefühlsdusseligen Anfall damit einen Freundschaftsdienst erweisen wollte…

Liebe Leserin, lieber Leser!
Lieber Autor, lieber Harzl!

Normalerweise spricht man ja seine Freunde nicht mit dem Familiennamen sondern mit dem Vornamen an - meinen Freund nenne ich aber immer Harzl und nicht Michael!

Es könnte sein, dass ich dies aus Faulheit mache, weil Harzl einfach kürzer ist als Michael – es könnte auch sein, dass es reine Pragmatik ist, weil ich nur einen Harzl, aber mehrere Michael kenne.
Wahrscheinlich aber nenne ich ihn deswegen so, weil er eben nicht EIN Freund, sondern DER Freund für mich ist… sorry, jetzt fällt es mir wieder ein, dass ich ja keinen Liebesbrief, sondern ein Vorwort schreiben soll (auch

wenn ich immer noch nicht weiß, warum er gerade mich dazu auserkoren hat).

Allein schon der Titel des Harzl´schen Buches ist für mich „sensationell" und „Weltklasse" (diese beiden Begriffe sind übrigens die Lieblingswörter des Autors).
Es gibt Management-Bücher über die Effizienz und es gibt wissenschaftlich/ technische Bücher über die Pendeluhr; weiters gibt es psychologische Bücher über den Menschenverstand, spannende Bücher über abenteuerliche Reisen und nicht zuletzt theologisch/philosophische Bücher über Religion (auch wenn es derzeit auf Grund der Sedisvakanz in Rom wahrscheinlich mehr devotionale Bildbände zum Thema „Habemus non papam" gibt).

Auf den folgenden Seiten hat es mein Freund Harzl in tollkühner Weise geschafft, die unterschiedlichsten Themenbereiche in EINEM Buch unterzubringen. Ich vermute, er wollte damit nicht Papier sparen, um seinen Beitrag gegen das Waldsterben zu leisten. Er fordert vielmehr die Leserschaft dazu auf, sämtliche Ressourcen des menschlichen Gehirns auszuschöpfen – quasi ein Aufruf zum Zwischen-den Zeilen-lesen und zum Querdenken.

Mein persönliches Resümee:
Dieses Buch will mir keine gscheitwastlerischen Weisheiten und Wahrheiten vermitteln, sondern es rüttelt mich wach, mir wieder mal mehr Gedanken über meine persönlichen Einstellungen, Werte und Handlungsweisen zu machen. Trotz einer teils

vordergründigen und teils versteckten Tiefgründigkeit liest es sich flockig und leicht wie eine Nachtkästchenlektüre.

Da der Buchtitel mit dem Wort „Effizienz" beginnt und ich mir bewusst bin, dass die meisten Menschen das Vorwort in einem Buch ohnehin nicht lesen, lehne ich mich nun auch gemütlich zurück und nehme Sie - liebe Leserin, lieber Leser - mit auf eine Reise der etwas anderen Art....

Herzlichst, Ihr jungfräulicher Vorwortschreiber,
Josef Buttinger

Einleitung:

Jesus lebt – ich sah ihn im Supermarkt von Villeneuve Loubet

Ehrlich gesagt dürfte dieses Buch gar nicht veröffentlicht werden, denn es ist quasi ein Widerspruch in sich. Nicht was den Inhalt betrifft – vielmehr geht es um den Zeitpunkt des Schreibens, denn wie der werte Leser dem Titel entnehmen kann, behandelt dieses Buch zwei ganz wesentliche Begriffe, und damit sind weder Pendeluhren, noch das Erwachen gemeint.

Effizienz hat viel mit der Optimierung des Faktors Zeit zu tun: Wann tue ich etwas und wie viel Zeit setze ich dafür ein. Und genau dem ersten Punkt hat der Autor mit der Veröffentlichung nicht entsprochen, denn er hätte schon viel früher beginnen sollen seine Gedanken zu Papier zu bringen.

Die Ende 2008 einsetzende Weltwirtschaftskrise und deren Folgen in den Jahren danach hat in der Praxis viele jener Umstände schmerzhaft aufgezeigt, die der Autor in diesem Buch theoretisch behandelt. Heute goutiert der werte Leser des Autors geistige Ergüsse womöglich mit einem nickenden „eh klar", vor der Krise hätte er bestimmt noch fragend den Kopf geschüttelt, und Kopfschütteln weckt bekanntlich eher öffentliches Interesse (und damit Verkaufszahlen) als unbeeindruckte Bestätigung.

Doch frei nach der Devise „besser zu spät als gar nicht" (die nicht unbedingt den Gesetzen der Effizienz entsprechen muss) wird dieses Buch letztendlich doch veröffentlicht, um dem werten Leser dessen ureigene Denkmuster aufzuzeigen. Denn das Rad erfindet der Autor bei Gott nicht neu, vielmehr wird lediglich eine von gesellschaftsbedingter geistiger Umweltverschmutzung gereinigte Sichtweise aufgezeigt. Und so gesehen wünscht sich der Autor vom werten Leser viele „eh klar" bei Verzehr und Verdauung dieses einfachen Menüs logischer Denk-Küche.

Um den Umstand des Zeitverzuges zu verschleiern, aber auch, um den Inhalt von vornherein nicht als Gesetz verstanden zu wissen, teilt der Autor seine Gedanken in seiner kindlichen Phantasie mit jemandem, der sich wahrscheinlich genauso wundern würde, könnte er die Entwicklung der letzten Jahrhunderte im Detail beobachten. Er versucht sich also in jemand anderen hineinzudenken und stellt sich vor, wie dessen Sicht der Dinge aussehen könnte und welche Fragen entstünden. Wie gestalten wir unser Leben? Setzen wir die richtigen Prioritäten? Agieren wir effizient? Verwenden wir unseren Menschenverstand? usw.
Des Weiteren wird versucht herauszufinden, wie dessen persönliche Interpretation gesellschaftlich wichtiger Faktoren wie Kirche, Politik, Konzerne, Gleichberechtigung oder Multikulti ausfallen könnte.

Wie gesagt rein hypothetisch, aber deshalb keinesfalls illusorisch.

Aber schauen sie vorbei in jenem Supermarkt in Villeneuve Loubet und lesen sie selbst...

Die Effizienz in der Pendeluhr – oder wie der Menschenverstand aus derselben erwacht

1.) Zwiegespräch über den Wolken

„Mir ist langweilig, Daddy", sagte Jesus zu Gott und stieß einen tiefen Seufzer in die schäfchenbewölkten Weiten des Himmelreiches.
„Was sind das für neue Töne Jesus?," fragte Gott.
„Im Ernst, Daddy", meinte Jesus, „seit 2000 Jahren sitzen wir da oben an der Spitze und lenken aus großer Entfernung, was da unten in der Welt passiert. Wir haben doch völlig den Bezug zur Basis verloren und laufen somit Gefahr, ähnlich unprofessionell zu agieren wie die meisten Führungskräfte in Unternehmen und Politik."
„Hast du irgendein Seminar besucht, oder kommst du in die midlife-crises?", fragte Gott etwas erstaunt.
„Mach dich nicht lustig über mich!", erwiderte Jesus verärgert. „Sieh dir doch mal an, was die da unten aufführen. Das war doch so alles nicht geplant. Und wenn du ehrlich bist, greifen wir auch nicht richtig ins Geschehen ein, weil uns inzwischen der Überblick fehlt. Wir sind eben zu weit weg von der Basis."
Gott runzelte seine ehrwürdige Stirn und stimmte Jesus mit einem leisen „Da hast du schon recht, mein Sohn" zu.
„Aber was willst du tun? Du kannst ja nicht wieder nach unten gehen, um die Welt in Ordnung zu bringen. Es kennt dich ja jeder. Alle würden nur von irgendeinem Wunder sprechen, jede Organisation würde dein

Erscheinen zu ihrem Vorteil vermarkten, und anstatt dir zuzuhören würden sie sich streiten, wem du zuerst erschienen bist. Wenn sie dir nicht gar verbieten, zu erscheinen. Erinnere dich an das Chaos vor 2000 Jahren. Oder denke daran, wie es deiner Mutter ergangen ist, als sie immer wieder den Menschen erschien. Seit jeher ist sie für alle da gewesen, wenn sie gebraucht wurde, nur haben halt einige behauptet, sie leibhaftig zu sehen. Und somit brach der Streit aus, der sogar soweit führte, dass einige Bischöfe ihr verboten hatten, in der Kirche zu erscheinen und sie in die Sakristei verbannten! Lächerlich, als müsste sich deine Mutter von Angestellten vorschreiben lassen, wo sie erscheinen darf! Nein Jesus, das Kasperltheater brauchen wir nicht noch einmal."

„Eben", sagte Jesus siegessicher „daher werde ich inkognito nach dem Rechten sehen!"

„Wie stellst du dir das vor?", fragte Gott. „Jeder weiß wie du aussiehst. Willst du dir einen Strumpf über den Kopf ziehen oder mit einer Schwarzenegger Maske herumlaufen?"

„Nein," antwortete Jesus fast ein wenig überheblich, „ich werde mein Äußeres an das 21. Jahrhundert anpassen: Haare und Bart färbe ich blond, in den Kinnbart flechte ich einen Zopf, statt des weißen Kleides trage ich ein T-shirt mit einem aufgedruckten „Peace" Zeichen und die nach mir benannten Schlapfen tausche ich gegen moderne Tracking Sandalen. Voila!"

„Und was willst du mit dieser Verkleidung darstellen?", fragte Gott etwas ungläubig.

„Einen deutschen Touristen!", schoss es aus Jesus heraus. „Die sehen genauso aus und du findest sie in jeder nur erdenklichen Ecke auf der ganzen Welt verstreut.

Immerhin gibt es über 80 Millionen davon, da falle ich bestimmt nicht auf."

*

So oder ähnlich stellte ich mir dieses Zwiegespräch vor, als ich neulich an der Côte d'Azur auf Urlaub war. Seit über 20 Jahren fahre ich immer wieder dorthin und wenn ich in der Nähe von Cannes ein Appartement miete, ist es fast schon zur Tradition geworden, am Tag der Ankunft in einem großen Supermarkt in Villeneuve Loubet einen ersten Einkauf zu machen, um den Kühlschrank zu füllen und Vorräte für die Urlaubswoche zu besorgen.

Das letzte Mal hatte ich dann aber diese merkwürdige Begegnung mit jenem Touristen. Als ich durch die unzähligen Gänge des Supermarktes streifte, um das richtige Regal mit der Marmelade zu finden, stand ich plötzlich neben einem Mann, der ganz konzentriert aus unterschiedlichen Honigarten auswählte. Er sah genauso aus wie in dem Zwiegespräch über den Wolken beschrieben und war daher sofort als deutscher Tourist zu erkennen, doch irgendetwas hatte der Mann, was mich fesselte. Und das waren weder seine Sandalen, noch sein geflochtener Bart. Es muss wohl so etwas wie seine Aura oder seine geheimnisvolle Ausstrahlung gewesen sein, also suchte ich sofort nach meiner Freundin, die in irgendeinem anderen Gang nach unserem Lieblingsolivenöl Ausschau hielt, und zog sie aufgeregt zum Honigregal, um ihr zu beweisen, dass Jesus lebt. Sie lächelte etwas mitleidig und setzte ihre Suche nach dem Olivenöl fort.

Doch als wir abends bei einem Fläschchen eisgekühlten Rosé auf der Terrasse unseres Appartements saßen und auf die unfallfreie Anreise und einen schönen Urlaub anstießen, kamen wir wieder auf unseren Touristen im Supermarkt zu sprechen. Als gläubige Menschen sind wir von der Existenz Gottes überzeugt. Als moderne Menschen sehen wir in ihm aber keinen alleinigen Herrscher, der mit erhobenem Zeigefinger auf uns herabblickt und uns mit Strafe droht, wenn wir nicht so tun wie er will. Das scheinen sich ohnehin jene zur Aufgabe gemacht zu haben, die glauben, in seinem Namen Angst verbreiten zu können. Vielmehr denken wir, dass Gott in irgendeiner Art und Weise immer allgegenwärtig ist. Warum also nicht auch in Form eines Touristen, der Jesus seine Gestalt leiht, damit er unerkannt nach dem Rechten sehen und die eine oder andere Korrektur vornehmen kann. Arbeit hätte er damit ja genug auf unserer Welt. Und so habe ich mir während des gesamten Urlaubes, wenn ich am Strand lag, oder nachts nicht schlafen konnte, weil ich wieder der französischen Küche erlegen bin, irgendwie zusammengesponnen, wie dieses Zwiegespräch über den Wolken wohl weitergehen könnte und was Jesus auf seiner getarnten Rundreise durch die Welt wohl alles gesehen und erlebt hätte. Und glauben Sie mir, da kamen mir viele spannende Ideen...

*

2.) Wenn der himmlische Vater mit dem Sohne

„Als deutscher Tourist?", staunte Gott nicht schlecht über Jesus' außergewöhnliche Idee. „Und du denkst, das funktioniert?"
„100%ig! Ich kaufe mir einen alten Lieferwagen, den sein Vorbesitzer liebevoll zu einem Campingbus umgebaut hat, und mache mich auf die Reise. Und damit alles authentisch ist, bin ich nicht alleine unterwegs, sondern nehme eine irdische Freundin mit. Pärchen fallen weniger auf als Einzelgänger." Tiefste Überzeugung war aus Jesus' Stimme herauszuhören.
„Daher weht der Wind!", warf Gott ein „Du willst dir ein paar schöne Wochen zu zweit machen."
„Daddy, dazu nehme ich sicher keinen alten Campingbus, sondern suche mir eine kuschelige Wolke.", entgegnete Jesus. „Ich meine es wirklich ernst und halte diese Rundreise auch für bitter notwendig. Vier Augen sehen außerdem mehr als zwei."

*

Tatsächlich war der Tourist im Supermarkt nicht alleine unterwegs, denn bei der Käsetheke liefen wir uns nochmals über den Weg, als er mit einer jungen Frau, die von ihrem Aussehen und ihrer Kleidung perfekt zu ihm passte, nach dem richtigen Käse suchte. Da beide der französischen Sprache offenbar nicht ganz mächtig waren und daher die Beschreibungen nur teilweise verstanden, berieten sie lange, welchen Käse sie wohl nehmen sollten. Jesus plante wirklich genau, dachte ich mir, denn Menschen haben immer wieder kleinere oder größere Hürden zu meistern. Und in Frankreich zu urlauben ohne die Sprache zu sprechen, zählt schon beinahe zu den größeren...

*

„Du hast ja recht, mein Sohn. War nur ein kleiner Scherz.", schmunzelte Gott. „Aber ganz im Ernst, bist du dir bewusst, was du da vor hast? Es herrscht ein ziemlicher Saustall da unten und wenn du da wirklich etwas verbessern willst, wird das eine harte Nuss werden, die du zu knacken hast. Die großen Sachen regeln sich ja ohnehin von selbst. Der Mensch ruiniert seine Umwelt und die Natur reagiert mit Wind und Wetter, um dem Wahnsinn Einhalt zu gebieten und die natürliche Ordnung wieder herzustellen. Das Globale haben wir soweit im Griff und es ist auch ganz gut so, dass der Mensch Angst hat, seinen Lebensraum zu zerstören. Da beginnt er wenigstens nach- und hoffentlich umzudenken, wir müssen ihm ja nicht gleich auf die Nase binden, dass sich Mutter Natur nicht so einfach zerstören lässt.
Das Problem liegt eher im einzelnen Menschen. Irgendwie ist da etwas schiefgelaufen in all den Jahren. Je mehr angelernte Intelligenz sie sich in ihrer unendlichen Neugier angeeignet haben, desto weniger Menschenverstand haben sie verwendet. Die Summe der Energie bleibt immer gleich, doch das eine ging wohl auf

Kosten des anderen. Die einfachsten und logischsten Dinge verstehen sie nicht mehr, alles wird verkompliziert und analysiert. Statt zu handeln wird diskutiert, statt miteinander zu reden wird kategorisiert, statt zu denken wird kopiert, statt zu verstehen wird vorverurteilt.

Deine Aufgabe damals war eine Botschaft an die Menschen zu bringen, doch die Jungs, die deine Worte zu Papier bringen sollten, haben dich entweder nicht verstanden, oder sie haben ihre Schriften nicht verständlich genug verfasst. Vielleicht ist auch vieles nur falsch übersetzt oder interpretiert worden, jedenfalls hat das, was dabei rausgekommen ist, nur mehr peripher damit zu tun, was wir eigentlich sagen wollten. Aber du weißt ja, mein Sohn, die Regeln der Kommunikation besagen, dass immer der Sender und nicht der Empfänger die Verantwortung dafür trägt, ob eine Botschaft verstanden wird. Wenn du also schon eine Rundreise auf der Erde machen willst, dann versuche herauszufinden, wie dieses Missverständnis behoben werden kann."

„Das ist genau der Grund meines Vorhabens. Zu viele Köche verderben den Brei und in den letzten paar hundert Jahren haben wohl genug Köche einiges weichgekocht. Das Pendel muss wieder in die andere Richtung schlagen und die Menschen müssen wieder effizienter werden.", analysierte Jesus, um dann seinem Vater stolz den Titel seiner Aktion zu präsentieren: „Die Effizienz in der Pendeluhr - oder wie der Menschenverstand aus derselben erwacht. Unter diesem Motto wird meine Rundreise stehen."

„Klingt etwas merkwürdig, bringt die Sache aber auf den Punkt", resümierte Gott.

3.) Wenn einer eine Reise tut

Nun war es also soweit. Die Haare waren gefärbt, die Sachen gepackt und auch der gebrauchte Campingbus samt Freundin stand schon auf der Erde bereit. Mit den kurzen aber prägnanten Worten „Mach's gut mein Sohn und pass auf dich auf. Ich verlasse mich auf dich!", verabschiedete sich Gott und schickte Jesus zur Erde. Ausgangspunkt sollte ein Parkplatz in Villeneuve Loubet sein, unweit des großen Supermarktes.

Der Weg zur Erde war weit und so hatte Jesus noch viel Zeit zum Nachdenken. Sein Vater hatte schon recht, die Menschen haben die Botschaft wirklich nicht ganz richtig verstanden und so war er froh über seine Idee mit der Rundreise, auf der er einiges wieder gut machen wollte. Gott war oft verärgert und enttäuscht gewesen, wie viel Schindluder in seinem Namen getrieben wurde, Dinge, die er nie gemacht hätte. Allem voran die Kriege. Wie viele wurden „im Namen Gottes" geführt! Der Glaube an Gott sollte dabei helfen, ein friedliches und zufriedenes Leben zu führen. Und ob man nun sonntags in die Kirche geht, mehrmals täglich in eine bestimmte Himmelsrichtung betet, sich vor Klagemauern Kraft sucht, oder einfach nur ein Leben nach bestimmten Grundsätzen und Prinzipien lebt, ist dabei nebensächlich. Es ist schon interessant, wie Menschen versuchen, anderen ihre Meinung aufzuzwingen, wenn nötig auch indem sie einander die Schädel einschlagen. Warum sind so viele davon überzeugt im Besitz der einzigen Wahrheit zu sein? Gibt es die überhaupt? Ist das nicht Fanatismus? Oder ist es einfach nur feig und unehrlich, Überirdisches als Vorwand für Gewalt heranzuziehen? Warum wird selbst der Glaube sooft über die Schiene der Angst statt über jene der Hoffnung gelehrt? Warum ist es immer einfacher mit negativen statt mit positiven Emotionen zu arbeiten? Ist das nicht manipulativ statt überzeugend? Fragen über Fragen, deren Antworten sich leichter finden lassen, als angenommen. Man muss nur aufhören alles zu verkomplizieren und sich wieder seines Menschenverstandes besinnen. Diesen wieder zum Leben zu erwecken hat sich Jesus als Ziel seiner Reise gesetzt.

Da stand er nun, der Campingbus. Ein wunderschöner, roter Renault Trafic, Baujahr 1986, fast 300.000 km auf dem Tacho, leicht angerostet, aber für sein Alter in tadellosem Zustand. Von einem Liebhaber zu Campingzwecken umgebaut. Oder doch eher von einem Pragmatiker, denn die Ausstattung war vollständig, aber nicht üppig: Eine Eckbank, die zu einem Doppelbett umgebaut werden kann, ein kleiner Kühlschrank, ein Gasherd, mehrere Einbauschränke und ein schwarzer Wassertank auf dem Dach, um von der Sonne aufgeheiztes Wasser zum Duschen zu haben. Leider ist das Campieren in freier Wildbahn in Frankreich ja schon lange verboten, dabei ist es gerade das, was den Reiz ausmacht, nämlich irgendwo ein kuscheliges Platzerl zu finden. Wenn man sich die unzähligen überfüllten Campingplätze an der Côte d'Azur anschaut, wird schnell klar, warum sich Jesus in seiner Überzeugung so bestätigt fühlt, hier in seiner Verkleidung als deutscher Tourist keinesfalls aufzufallen.

Und da stand auch sie, seine Begleiterin. Eine zarte, hübsche Frau Ende Zwanzig, gekleidet ganz nach dem Motto „Jute statt Plastik". Die Tarnung war wirklich perfekt, fast ein wenig klischeehaft. Jesus sah sie nicht unbeeindruckt an und ihm fielen sofort die tiefblauen Augen auf. „Im Himmel könnte es nicht blauer strahlen", dachte er sich, und wie beinahe jeder Mann behielt er dieses Kompliment leider für sich.
„Hallo, ich bin Jesus. Freut mich, dich kennen zu lernen", stellte Jesus sich in schüchternem Ton vor.
„Freut mich auch, ich heiße Magdalena", antwortete sie mit leiser Stimme.
„Nicht gerade kreativ als Jesus und Magdalena durch die Welt zu gondeln", dachte er, aber was soll's, schließlich sind solche Kleinigkeiten nicht wichtig.
Sie umarmten sich und gaben sich die in Frankreich so typischen Küsschen auf die Wangen. Ein leichtes Zucken durchfuhr ihre Körper. Sollte sich da etwas anbahnen? Nein, der Besuch auf der Erde war ja nicht als Liebesgeschichte, sondern als Arbeitsreise gedacht.
„Um ehrlich zu sein, ich habe mir dich ganz anders vorgestellt", stotterte Magdalena verlegen.
„Wie denn?", erkundigte sich Jesus.
„Ich weiß nicht", musste Magdalena eingestehen.
„Siehst du Magdalena, in Wahrheit kann sich keiner vorstellen wie wir so aussehen. Irgendein Regisseur hat mir basierend auf dem Grabtuch von Turin einmal in einem Film das typische Jesus Outfit verpasst, so mit Bart, langem Haar und weißen Kitteln. Wie ein Hippie in den 70ern halt, aber im Grunde ist das doch völlig egal. Diese Woche sehe ich einfach aus wie ein deutscher Tourist."
„Das kannst du tatsächlich nicht leugnen", pflichtete ihm Magdalena bei.

„Dann ist es gut", fühlte sich Jesus ein mal mehr in seiner Verkleidung bestätigt.

Sieben Tage wollte Jesus unterwegs sein und möglichst viele Winkeln der Erde erkunden, um einen repräsentativen Überblick zu bekommen. Dass man mit einem alten Campingbus nicht in einer Woche rund um die Welt kommt, ist klar, doch wollen wir Jesus auch ein paar Wunder zugestehen. Eine ungefähre Reiseroute stand fest, jedoch mit ausreichend Flexibilität für den Fall notwendiger Kursänderungen, was per definitionem schon eine erste Unterscheidung zum Leben auf der Erde darstellt. Nur für den siebenten Tag, den Tag des Herrn, an dem man bekanntlich ruhen soll, hatte sich Jesus noch ein ganz besonderes Zuckerl vorgenommen.

Da Sonntag war und der Anreisetag eher gemütlich verlaufen sollte, begann die Reise also mit einem Einkauf in besagtem Supermarkt, um erst einmal die Schränke des Campingbusses zu füllen. Es war tatsächlich nicht einfach, sich dort zurecht zu finden, riesengroß und ein unglaubliches Überangebot.
„Warum gibt es über zwanzig Jogurt Sorten, wo es ja doch nur eine Kuh gibt?", fragte Jesus seine Begleiterin leicht verzweifelt. „Und was da sonst noch alles in den Regalen ist! Wer braucht das denn alles?"
„Wahrscheinlich niemand, aber wenn es die Menschen nicht haben, sind sie unglücklich. Und zuvor verzweifeln sie daran, jene Dinge, die sie ohnehin nicht brauchen, in der Fülle der Angebote zu finden", klärte Magdalena ihn auf.

Jesus verstand kein Wort.

Später standen sie vor dem Honigregal, wo ich die beiden beobachtete, und landeten schließlich an der Käsetheke. Nach einer guten Stunde war der Einkauf getan und nachdem die Beute im Campingbus verstaut war, ging es los zu einem geeigneten Platz für die erste Übernachtung.

Die Fahrt führte sie entlang der Küste. „Ein wunderschönes Stückchen Erde", dachten sie, während sie schweigend die Landschaft genossen. Türkisblaues Meer, weiße Sand- oder Kiesstrände, die übersät waren von bunten Sonnenschirmen und schwitzend in der Sonne brutzelnden Menschen. Pinienwälder, Wiesen voll mit Kräutern, die den unvergleichlichen Duft der Provence verbreiteten, Blumen in allen Variationen, die gemeinsam mit dem einzigartigen Blau des Himmels diese wunderbare Farbenpracht entstehen ließen.
„Das ist Balsam für die Seele", sagte Jesus zu Magdalena „so kann eine Reise ruhig beginnen. Und als Krönung werfen wir uns heute Abend einen Fisch auf den Grill und gönnen uns eine Flasche eisgekühlten Rosé."
„Wenn der Kühlschrank funktioniert", lachte Magdalena.
Der Kühlschrank funktionierte und so verbrachten die beiden einen harmonischen Abend, nachdem sie auf einem kleinen Sandplatz etwas oberhalb der Küste ihren Campingbus geparkt hatten. Es war fast wie im Himmel. Schließlich bauten sie aus der Eckbank ihre Schlafstätte und gingen zeitig zu Bett, damit sie am nächsten Morgen ausgeruht ihre Rundreise antreten konnten.

4.) Die Effizienz in der Pendeluhr, oder wie der Menschenverstand aus derselben erwacht. Ein Reisebericht der etwas anderen Art

Tag 1 – *Vor Gott sind alle Menschen gleich. Das gilt auch für jene, die behaupten ungleicher zu sein.*

Die Sonne schien schon vom wolkenlosen Himmel, als die beiden die Tür des Campingbusses öffneten, den sie im Schatten einer wunderschönen großen Pinie abgestellt hatten. Während Jesus in den nächsten Ort spazierte um in einer Boulangerie frisches Baguette und zwei pain au chocolat zu holen, stellte Magdalena Kaffee auf und deckte mit der spärlichen Campingausrüstung so gut es ging den Frühstückstisch. Natürlich durfte der Honig aus dem Supermarkt nicht fehlen. Als sie gemeinsam bei Tisch saßen, überlegten sie, mit welchem Thema die Woche begonnen werden sollte und wurden auch gleich fündig.
„Ist dir gestern im Supermarkt aufgefallen wie unterschiedlich die Menschen reagiert haben, wenn sie angesprochen wurden?", fragte Jesus.
„Was meinst du?", erkundigte sich Magdalena, die Jesus nicht ganz folgen konnte.
„Immer wenn sie in ihrer Sprache angesprochen wurden, gaben sie freundlich und ausschweifend Auskunft, erzählten ganze Kochrezepte und gaben Einkaufstipps. Fragte man sie hingegen in einer fremden Sprache, wandten sie sich sofort ab und meinten, sie würden nichts verstehen. Sie bemühten sich nicht einmal."
„Fremdes macht eben unsicher und das ist den Leuten unangenehm", versuchte Magdalena zu erklären. „Aber hier in Frankreich liegt das Problem eher daran, dass der

Franzose per se nicht in einer anderen Sprache als Französisch kommunizieren will."

„Das ist mir auch aufgefallen, deshalb habe ich meine perfekte Tarnung als deutscher Tourist aufzutreten, der kaum Französisch spricht, schon bereut. Aber irgendwie habe ich den Eindruck, dass sich auf der Erde Fremde und Einheimische ungleich behandeln. Und zwar gegenseitig, also gar nicht so sehr als Opfer und Täter. Wir werden gleich nach dem Frühstück aufbrechen und uns umsehen, wie das anderswo auf der Welt läuft".

Sie tranken also ihren Kaffee aus, machten schnell den Abwasch, verstauten Klapptisch und –stühle im Bus und fuhren los.

*

Ihre Beobachtungen waren fast überall ähnlich und das Thema schien komplexer zu sein als angenommen. Oftmals zieht es Menschen in fremde Länder, weil sie sich dort bessere Lebensumstände erwarten. Nun muss man aber unterscheiden zwischen solchen, die vor Kriegen und politischer oder religiöser Verfolgung flüchten und in ein fremdes Land kommen um zu überleben, sowie jenen, die sich im Ausland eine höhere Lebensqualität erhoffen. Erstere werden meist hilfsbereit aufgenommen und es ist beruhigend, dass sich Menschen in Situationen von Not und Leid auf ihre Nächstenliebe besinnen. Bei Zweiteren hält sich die Nächstenliebe schon eher in Grenzen und man muss ganz objektiv zugeben, dass dies nicht immer unverständlich zu sein scheint.

Ja, vor Gott sind alle Menschen gleich, sollten gleich behandelt werden und respektvoll miteinander umgehen. Die Gleichberechtigung versucht man per Gesetz zu regeln, beim Respekt fällt die Angelegenheit schon etwas komplizierter aus und hier sind die vermeintlichen Opfer nicht selten die Täter. Dass es nicht immer leicht ist, Fremde zu akzeptieren, ist an sich nicht verwerflich, da es menschlich ist. Fremdes löst Wachsamkeit aus und bringt oft Unsicherheit mit sich, weil es unbekannt ist und Gewohntes durcheinander bringen kann. Bis daher eine normale Reaktion. Was darüber hinaus geht, ist meist manipuliert durch Meinungen von außen und hier vordergründig von politischen Lagern, die natürliche Emotionen und Ängste von Menschen ausnutzen, um daraus Kapital zu schlagen. Aber dazu später, denn die Eigennützigkeit, mit der vom Volk zu dessen Vertretung gewählte Personen agieren, ist derart bedenklich, dass diesem Thema ein ganzer Tag der Reise und ein eigenes Kapitel gewidmet sind.

Zurück zur Täter- und Opferrolle. Wenn man von Einheimischen verlangt, Fremde zu akzeptieren und zu respektieren, ist es dann nicht selbstverständlich, das auch von den Fremden erwarten zu können, ohne gleich als feindlich bezeichnet zu werden? Wie gesagt, es sollen alle gleich behandelt werden. Wenn also jemand in ein Gastland kommt, um sich dort niederzulassen, hat er doch in erster Linie die Gepflogenheiten des Gastlandes zu respektieren und sich danach zu richten. Egal, ob es sich dabei um Sprache, Kultur, Religion oder sonstige Umgangsformen handelt. Das verlangt einfach der Respekt vor dem Gastland, ebenso wie der Fremde erwarten kann, dass seine Gewohnheiten respektiert werden, soweit sich diese mit jenen des Gastlandes vereinbaren lassen. Ist das nicht möglich, scheint es nur logisch, dass nicht das Gastland, sondern der Fremde den Kürzeren zieht, egal ob es sich um moralische oder wirtschaftliche Angelegenheiten handelt. Und das ist keine Frage von Feindlichkeit, sondern von Gerechtigkeit.

Beginnen wir mit den wirtschaftlichen, da diese pragmatischer und weniger sensibel sind. In vielen, vor allem westlichen, Staaten gibt es eine vom Grundgedanken her gute soziale Absicherung. Jeder arbeitende Mensch gibt einen Teil seines Einkommens ab, um sozial abgesichert zu sein, wenn eine Notsituation eintritt, sei es ärztliche Versorgung, ein gesichertes Einkommen in der Pension, finanzielle Unterstützung, wenn man Kinder hat, oder Arbeitslosengeld bei Verlust des Arbeitsplatzes. Alles Umstände, die jeden treffen können, wenngleich es nie möglich sein wird, ein Gleichgewicht zwischen allen Zahlern und Empfängern herzustellen. Ich persönlich zahle aber lieber ein, als ärztliche Hilfe oder Arbeitslosengeld in Anspruch nehmen zu müssen. Über den Grundgedanken dieser Struktur wird sich kaum jemand beklagen (außer vielleicht die Amerikaner, aber das ist ein eigenes Thema), sehr wohl hingegen über deren Missbrauch. Denn das System des Gebens und Nehmens muss im Sinne der Gleichberechtigung zwangsläufig für alle gelten, für Inländer und eben auch für die Zuwanderer. Wenn diese nur nehmen, aber nicht geben, funktioniert das System nicht und führt verständlicherweise zu Unmut. Und das hat ursächlich nichts mit Fremdenhass zu tun. Dieser wird politisch künstlich geschaffen. Doch es muss wertfrei verlangt werden dürfen, dass Empfänger erst einmal einzahlen und sei es nur in Form eines Selbstbehaltes. Sonst ufert es weiter dahingehend aus, dass Zuwanderer ihre ganze Großfamilie zur medizinischen Betreuung ins Gastland einladen. Wer soll denn das bezahlen, ist ja nicht fair. Und wird nach einigen Monaten immer noch keine Arbeit angenommen, kann die einzige Konsequenz nur die Einstellung der Sozialleistungen sein. Ich weiß schon, man darf nicht alle über einen Kamm scheren, aber genauere und härtere Kontrolle muss erlaubt sein, im Sinne der Gleichberechtigung gegenüber den Bürgern des Gastlandes.

Außerdem ist dieses Thema nicht ursächlich eines, das mit Zuwanderern zu tun hat, denn wie viele Sozialschmarotzer aus den eigenen Reihen nähren sich wie Parasiten an des Staates Busen? Wie viele lehnen Arbeit ab, weil sie wegen der umstrittenen Mindestsicherung auch ohne Anstrengung zur gleichen Kohle kommen? Hier krankt das System, nicht die Einstellung zu Zuwanderern.

Es ist auch nicht nur ein Thema, das mit dem klischeehaften Zuwanderer zu tun hat, also mit jenem, der ohne Ausbildung ist und von unserem Geld lebt. Denn bei nüchterner Betrachtung könnte man dieselben wirtschaftlichen Argumente auch bei den unzähligen Studenten aus dem Ausland in den Raum stellen. Diese blockieren unsere Universitäten nämlich nicht deshalb, weil ihnen in Österreich eine überdurchschnittlich gute Ausbildung zuteil wird, sondern weil sie in ihrem Heimatland aufgrund diverser Zugangsbeschränkungen keinen Studienplatz bekommen. Wie kommt der Österreichische Steuerzahler dazu, diese Ausbildung zu bezahlen, wenn die Wertschöpfung daraus nach Beendigung des Studiums mit den Absolventen in deren

Heimatland zurückkehrt? Diese Frage ist wirtschaftlich legitim und würde niemals mit Fremdenfeindlichkeit in Verbindung gebracht werden. Oder gibt es diese Verknüpfung deshalb nicht, weil Studenten aus Deutschland unsere Sprache sprechen? Dabei wäre diese Frage wirtschaftlich einfach zu lösen, indem die EU Ausgleichszahlungen für jeden Studienplatz eines Ausländers leistet. Das kann ja nicht so kompliziert sein, gezahlt wird ja auch für jede Kuh, die zu viel oder zu wenig auf diversen Weiden furzt. Sie sehen also, selbst wirtschaftliche Differenzen, die in der Theorie leicht lösbar wären, bleiben in der Praxis ungelöst. Wie soll das dann mit moralischen Differenzen funktionieren?

Ähnlich verhält es sich mit der immer diskutierten Kriminalität. Gäste sind im Sinne des Gleichheitsgrundsatzes willkommen, solange sie sich wie alle anderen auch an allgemein gültige Regeln halten. Tun sie das nicht, sind sie eben nicht mehr willkommen, genauso wie jene aus den eigenen Reihen behandelt werden, wenn sie sich nicht an die Regeln des Zusammenlebens halten. Wo bitte ist da Fremdenfeindlichkeit zu finden? Das ist reiner Pragmatismus.

Ein wenig sensibler, wenngleich von der Grundidee ähnlich, verhält es sich mit moralischen und religiösen Werten. Unterschiedliche Länder haben unterschiedliche Kulturen. Das ist normal und gut so, denn nur durch Ungleichheit kann man sich weiterentwickeln und gegenseitig bereichern.

Wenn ich von meinem Gastland erwarte, dass es meine Kultur akzeptiert, dann muss ich doch zuerst jene des

Gastlandes akzeptieren. Das ist keine Frage von Unterwerfung, sondern von Respekt.

Viele verschiedene Religionen glauben an den gleichen Gott, nur eben auf unterschiedliche Art und Weise. Sie haben andere Propheten, abweichende Schriften und Rituale und sie haben verschiedene Symbole ihres Glaubens. Dieses Symbol bei sich zu tragen ist legitim, aber von seinem Gastland zu verlangen, das auch zu tun, wäre Übervorteilung. Sollten Menschen unterschiedlicher Religionen dauerhaft miteinander in Kontakt stehen, sei es in der Schule, in öffentlichen Einrichtungen oder am Arbeitsplatz, so kann nicht verlangt werden, dass das religiöse Symbol des Gastlandes ausgetauscht wird, selbst wenn deren Angehörige in der Minderheit sind. Im Sinne der Gleichheit können bestenfalls mehrere Symbole nebeneinander angebracht werden. Das wäre dann gelebte Ökumene. Und Gott selbst wohl völlig egal.

Aber das Problem beginnt ja schon bei der einfachsten und logischsten Voraussetzung für ein Leben in einem fremden Land - der Sprache. In einem Land leben zu wollen, ohne die Sprache zu sprechen, ist schon vom Grundsatz her dumm. Wie soll das funktionieren? Abgesehen von der Wertschätzung, die es verlangen würde, die Sprache zumindest ansatzweise zu beherrschen, ist es ganz einfach weit weniger kompliziert, wenn man die Sprache spricht. Das gilt für die Erwachsenen, die ja schließlich einer geregelten Arbeit nachgehen sollten, vor allem aber für deren Kinder, die sich andernfalls schwer tun würden, eine Schule zu besuchen. In vielen Ländern ist für fremdsprachige Kinder ein Vorschuljahr verpflichtend, um sprachlich keinen Nachteil gegenüber einheimischen Schülern zu haben, aber auch um diese nicht in deren Lernfortschritt zu hemmen. Ganz abgesehen von der Chance, Kinder zwei- oder mehrsprachig aufziehen zu können. „C'est le pays, qui gagne" sagt man, also die Sprache des Gastlandes würde sich durchsetzen und somit sämtliche Kommunikationshürden wegfegen.

Es stellt sich natürlich die Frage, ob Zuwanderer sich überhaupt mit dem Gastland auseinandersetzen wollen. Nun, abgesehen von der bereits erwähnten Wertschätzung ist das natürlich deren Entscheidung, doch wenn sie sich so entscheiden, dann bitte mit allen Konsequenzen. Will ich mich isolieren, darf ich mich nicht über Isolation beschweren. Will ich nur meine Kultur leben und die des Gastlandes nicht einmal kennen lernen, darf ich diese auch nicht verurteilen. Will ich nur meine Sprache sprechen, darf ich mich nicht wundern, wenn mich niemand versteht. Will ich mich nicht anpassen, darf ich mich nicht über Widerstand beklagen. Und sich dann mit den Worten „ich bin schon vorverurteilt, weil ich Ausländer bin" in Unschuld waschen zu wollen, wäre schlicht und ergreifend unverschämt. Passiert aber leider.

Im Grunde ist das Problem zwischen Einheimischen und Zuwanderern völlig pragmatisch und wertfrei durch das Aufstellen und Kontrollieren einfacher und logischer Grundregeln zu lösen, deren Einhaltung Voraussetzung für alle Beteiligten ist, und deren Nichteinhaltung zwangsweise zu Konsequenzen führt, die von vornherein bekannt sein müssen. Im Wesentlichen wird dieser Umstand auch jedem Menschen klar sein, wäre da nicht diese emotionale Manipulation besagter Gruppierungen, die offensichtlich dazu führt, den gesunden

Menschenverstand, mit dem wir alle von Geburt an ausgestattet sind, immer mehr verkümmern zu lassen.

Wie könnten solche Grundregeln aussehen? Zunächst einmal sollte der Grundsatz gelten, dass jeder wert- und vorurteilsfrei willkommen ist. In einem zweiten Schritt muss die Frage erlaubt sein, was er denn hier will und was er kann. Wird diese Frage glaubwürdig damit beantwortet, dass sich der Gast in unsere Gesellschaft integrieren will und seine Fähigkeiten zum Wohle der Allgemeinheit einsetzen wird, kann ihm in einem dritten Schritt durchaus Unterstützung zugesagt werden. Diese muss sich zunächst auf die Befriedigung diverser Grundbedürfnisse sowie das Erlernen der Sprache des Gastlandes konzentrieren, danach auf die wirtschaftliche Nutzung seiner Qualifikationen, sprich er muss einer geregelten Arbeit nachgehen. Tut er das nicht und besteht kein Grund zur Annahme, dass dies unfreiwillig so sein könnte, liegt die Vermutung nahe, dass der Gast nicht ausreichend Bereitschaft zeigt, im Gastland ernsthaft Fuß fassen zu wollen. Bis hierher liegt noch alles im freien Willen des Zuwanderers. Ergo muss er auch die Konsequenz zur Kenntnis nehmen, das Land wieder zu verlassen. Das ist kein Zwang, sondern die Folge der Nichterfüllung allgemein gültiger und von vornherein bekannter Regeln, die nicht irgendwelchen verworrenen Gesetzen entspringen, sondern der Logik des Menschenverstandes. Was ist daran ungerecht, wenn der Betroffene die Entscheidung selbst in der Hand hat?

Und dennoch sieht die Praxis anders aus, denn leider gibt es „politische Orientierungen", die um ihrer Existenz Berechtigung zu verleihen, nie auf Kompromiss, sondern nur auf Konfrontation gehen. Sonst würden sie ja nicht auffallen. Im Laufe der Zeit glauben die Vertreter und deren Anhänger wahrscheinlich selbst daran und halten ihre Wahrheit für die einzige. Und ein derart sensibles Thema wie „Fremde" bietet natürlich eine wunderbare Spielwiese schier unendlicher Gestaltungs- und Profilierungsmöglichkeiten. Eine gefährliche Basis für Extremismus und Fanatismus. Die eine Richtung möchte ihren Mutter-Theresa-Komplex voll ausleben und am liebsten alle bewirten und behüten, denn schließlich sind wir Täter, die anderen Opfer und die Menschen sowieso alle Brüder. Amen. Die andere Richtung ist nicht minder extrem, sie ist aber vor allem wesentlich gefährlicher. Hier werden nämlich Täter- und Opferrolle vertauscht und die Täter für alles verantwortlich gemacht, was im eigenen Leben nicht funktioniert. Schuld sind ja immer die anderen, besonders gerne die Ausländer. An der Arbeitslosigkeit, der Wohnungsknappheit, der Kriminalität, dem schlechten Abschneiden bei der Pisa Studie und wohl auch daran, dass man sich manchmal in den Hintern beißen möchte, es aber nicht kann. Wenn man diese Einstellung lange genug nährt, wird sie zu Hass. Dabei ist es wie bei allen Gegensätzen so, dass in beiden Richtungen ein Funke Wahrheit liegt, womit die logische Konsequenz ein Kompromiss wäre. Dieser muss aber mit allen Mitteln verhindert werden, da sonst die unterschiedlichen Richtungen langsam verschmelzen beziehungsweise verschwinden würden. Und damit auch deren Vertreter.

*

Nach all den Beobachtungen schüttelte Jesus den Kopf.
„Heißt das, dass Gegensätze künstlich geschaffen und erhalten werden?"
„Nein", antwortete Magdalena, „Gegensätze sind wichtig, es hapert bloß an der Finalisierung, sprich an der Lösungsbereitschaft."
„Und wie bekommt man das in den Griff?"
„Du müsstest die Dummheit abschaffen."
„Für den ersten Tag unserer Reise aber ein schöner Brocken!"
„Ja, aber wenn du das tust, kannst du die Reise heute noch beenden, weil damit auch alles weitere gelöst wäre."
„Das wäre dann wie im Tierreich, dort reguliert sich auch alles von selbst. Wir haben den Menschen zu weit entwickelt, dadurch wurde er störungsanfällig."
„Kann sein, nur gibt es leider keine Reset Taste."
„Im Nachhinein ist man immer gescheiter. Aber jetzt lass uns eine Pause machen und eine Kleinigkeit essen. Soviel Dummheit auf nüchternen Magen kann nicht gesund sein."

Sie befanden sich auf einem herrlichen Fleckchen irgendwo auf der Erde. Jesus klappte nicht ohne über den Mechanismus zu fluchen die Sessel auf und deckte den Tisch, während Magdalena das Gemüse wusch und einige Scheiben Brot vom Laib schnitt. Nach der kleinen Jause gönnten sie sich erst ein Nickerchen, denn es war anstrengend, diese Welt zu verstehen.

Nach dem Mittagsschläfchen blätterte Jesus ein wenig in der Zeitung.

„Das ist aber merkwürdig", meinte er, „in ein und derselben Zeitung wird völlig unterschiedlich über das Thema Ausländer geschrieben."
„Inwiefern?", fragte Magdalena.
„Im Politik-Teil entscheidet die Einstellung zu ihnen über Sieg und Niederlage der Parteien, im Lokalteil werden sie für den Anstieg der Kriminalität verantwortlich gemacht und im Sportteil werden sie vergöttert, weil sie Siegestore schießen."
„Das ist tatsächlich so", klärte Magdalena ihn auf. „Derselbe, der sie am Stammtisch als Tschuschen beschimpft und dann rechte Parteien wählt, feuert sie am Fußballplatz an und liebt sie, weil sie ihrem Verein zum Sieg führen."
„Also eben noch im Ghetto, jetzt auf der Showbühne."
„So ähnlich, ja."
„Ist das auch Dummheit, oder bloß Doppelmoral?", fragte Jesus nachdenklich.
„Gute Frage. Wahrscheinlich ein bisschen von beidem. Jedenfalls zeigt es, dass das Thema Ausländer oft sehr subjektiv verwendet wird, so wie es den Menschen gerade recht ist."
„Auch nicht gerade fair, immerhin nimmt der ausländische Spieler ja auch einem Inländer einen Platz in der Kampfmannschaft weg."
„Ja, aber er spielt besser, also wird das akzeptiert."
„Das kann in einem normalen Job genauso sein", konterte Jesus.
„Da hast du recht, aber das will keiner so sehen. Das ist übrigens nicht nur im Sport so, auch im Showgeschäft oder in der Musikbranche. Dort werden Stars bejubelt, zu Idolen hochgelobt und von Fans erdrückt, egal ob sie In- oder Ausländer sind. Vor Jahren gab es da einmal einen

Typen aus dem ehemaligen Jugoslawien, der bei einer Realityshow mitmachte. Da tat er den ganzen Tag nichts und wurde dabei rund um die Uhr im Fernsehen übertragen. Die Leute waren begeistert, gründeten Fanclubs und verehrten ihn als Ikone, die Medien traten das gewinnbringend breit und machten ihn damit reich. Und dieselben, die ihn als Idol bejubelten beschimpfen seine Landsleute, die ebenfalls den ganzen Tag nichts tun. Nur halt nicht im Fernsehen."
„Die spinnen, die Menschen."
Magdalena widersprach Jesus nicht.

*

Wörter, die ein „gration" enthalten, sind zu beliebten Schlagworten mutiert: (gescheiterte) Integration, Migrationshintergrund, Integrationspolitik, oder gar Nichtintegration, wobei es schwer ist, diese genau zu definieren oder abzugrenzen. Mit dem ursprünglichen Multikulti-Begriff war das einfacher und dieser war zudem positiver belegt. Nehmen wir die einstige Weltmacht Österreich, die in den guten alten Monarchietagen der reinste Vielvölkerstaat war und es bis heute als Miniaturland geblieben ist, wenn man die Ursprünge der einzelnen Bundesländer analysiert. Doch das hat sich im Laufe der Zeit glattgebügelt, selbst wenn das eine oder andere Bundesland sich eher anderswo zugehörig fühlt. Der Zeitfaktor also.
Und dann waren da die 1960er und –70er Jahre, in denen sich die westlichen Industriestaaten Arbeitskräfte aus dem Ausland geholt haben, um den Arbeitermangel im

aufstrebenden Wirtschaftswunder auszugleichen. Damals gab es aber auch kein Problem damit, denn wir wollten diese ja und gingen davon aus, dass sie brav arbeiten, abends unter sich griechischen Wein trinken und wieder nach Hause fahren, wenn wir genug produziert hatten oder einfach mehr Maschinen einsetzen konnten. Dass diese Rechnung nicht ganz aufging, ist heute bekannt. Heute, denn damals gab es das Wort Integration wahrscheinlich noch gar nicht und ergo auch keine Integrationspolitik. Gerade das wird ja von den Volksvertretern der Gegenwart den Kollegen aus der Vergangenheit vorgeworfen, weil es halt einfacher ist, die Schuld anderen zuzuschieben als vor der eigenen Tür zu kehren. Das scheint mir jedoch zu einfach, denn damals sah man im Multikulturismus kein Problem und wo man kein Problem sieht, wird kaum nach Lösungen gesucht.

Es bleibt also ein Problem der Gegenwart und hier sollte auch eine Lösung gefunden werden. Moralisch sowieso, aber in erster Linie einmal wirtschaftlich, denn man braucht kein übertriebener Rechner zu sein um zu verstehen, dass die volkswirtschaftlichen Kosten der Nichtintegration auf Dauer höher sind als jene vernünftiger Integrationsmaßnahmen. Schließlich wird die Immigration kaum zurückgehen, dazu ist das Pendel noch zu wenig ausgeschlagen. Und wenn immer mehr Menschen einwandern, sollten diese von Anfang an mehr zum Staatshaushalt beitragen, als diesen in Anspruch zu nehmen, sonst kippt das System. Dann schlägt zwar entsprechend der Pendeltheorie automatisch eine Gegenrichtung ein, nur ist diese dann wesentlich problematischer. Daher sollte man immer schon rechtzeitig darauf schauen, dass man alles hat, was man später einmal braucht...

Wirtschaftlich ist das Problem am ehesten mit oben angeführtem Pragmatismus zu lösen. Und moralisch wahrscheinlich auch. Beginnend mit der Moral der Entscheidungsträger, die endlich zum Wohle der gesamten Bevölkerung agieren sollten und nicht nur im Sinne des eigenen Wohles vordergründig für die eigene Wählergruppe. Und auch die Moralvorstellung der Bevölkerung könnte etwas nachjustiert werden, denn wie heißt es in einem STS-Text so schön: „Es brauchen nur drei Menschen zusammenkommen und schon ist einer der Tschusch".

Neulich habe ich in einer Zeitung folgende Schlagzeile gelesen: „23-jähriger vorbestrafter Serbe bekommt monatlich EUR 1.200,-- vom Staat" Stellen Sie sich einmal die hitzigen Diskussionen vor, wenn darüber am Stammtisch philosophiert wird. Meist wird der Artikel zu dieser Schlagzeile gar nicht mehr gelesen, wobei darin die wahre Geschichte ohnehin nur lückenhaft wiedergegeben würde. Die Wahrheit will nämlich gar niemand hören, nur die Schlagzeile, die Sensation. Der Tschusch kommt zu uns, wird beim Stehlen erwischt und nach der Haft auch noch von uns durchgefüttert. Und die Einheimischen leben an der Armutsgrenze, ein Wahnsinn. Ich habe den Artikel selbst nicht gelesen, weil er mich nicht interessiert hat, aber vielleicht handelt es sich bei diesem Serben um einen Mann, der in Österreich aufgewachsen ist, hier gearbeitet und Steuern gezahlt hat, dann aus welchen Gründen auch immer auf die schiefe Bahn geraten ist und nun nach seiner Haftentlassung vorübergehend Sozialleistungen in Anspruch nehmen kann, wie jeder andere Bürger auch, der zuvor mit seinen Steuern eingezahlt hat. Klingt gleich weit weniger spektakulär, nur zieht diese Version der Geschichte keiner in Erwägung. Was ich damit sagen will ist, dass wir uns Meinungen bilden und Urteile fällen, ohne fundiertes Wissen, völlig oberflächlich. Oder noch schlimmer, dass wir uns diese Meinungen und Urteile vorgeben lassen von Medien oder politischen Gruppierungen, völlig fremdbestimmt. Vielleicht sind wir gar nicht fremdenfeindlich sondern nur fremdbestimmt. Und genau das ist die Schmach - dass ein so entwickeltes Lebewesen wie der Mensch fremdbestimmt agiert. Selbst Katzen tun das, was sie wollen. Interessanterweise bezeichnet man diese dann gemeinhin als falsch oder egoistisch.

*

Jesus verstand immer noch nicht ganz. „Wachsamkeit vor Fremdem und Unbekanntem liegt in der Natur der Sache, aber ihr treibt es schon ein wenig auf die Spitze."
„Gab es das denn zu deiner Zeit noch nicht?", fragte Magdalena.
„Wie meinst du das?", wurde Jesus stutzig.
„Na, war bei euch immer alles eitel Wonne, seid ihr händchenhaltend durchs Leben gestreift, egal welcher Herkunft, und habt euch gegenseitig mit einem Lächeln im Gesicht Liebe und Respekt gezollt?"
Jesus schwieg. Warum war Magdalena plötzlich so sarkastisch? Wusste sie etwa mehr von damals, als in den offiziellen Schriften überliefert ist? Kannte sie die wahren

Hintergründe, die Kämpfe der verschiedenen Häuser und Geschlechter, die sich gegenseitig genauso schlecht behandelten, wie heute die Extremisten der unterschiedlichen Religionen? Ahnte sie, dass wir damals genauso intolerant waren wie die Menschen heute und dass meine Existenz in der Gegenwart nur dem Umstand zu verdanken ist, dass wir diesen Kampf damals gewonnen haben? Bekommt die Scheinwelt, aus der ich stamme, gar arge Kratzer? Jesus wurde unheimlich zumute.

„Natürlich gab es zu meiner Zeit auch gewisse Ungereimtheiten...", stotterte Jesus

„Gewisse Ungereimtheiten", unterbrach ihn Magdalena.

„Ja und wir waren auch nicht immer einer Meinung..."

„Und habt ihr die Standpunkte der anderen zu verstehen versucht, oder wolltet ihr doch eher eure durchsetzen?", ließ Magdalena nicht locker.

„Gewiss haben wir versucht, diese zu verstehen", wurde Jesus verlegen, „aber letztendlich kamen wir zu der Überzeugung, dass unser Standpunkt der richtige sei."

„Letztendlich. Und wann war dieses letztendlich?", lockte Magdalena ihn aus der Reserve. „Nach langen, konstruktiven und lösungsorientierten Gesprächen, oder etwa sofort?"

„Was soll das jetzt?", versuchte sich Jesus aus der Affäre zu ziehen. Aus Verlegenheit zündete er sich eine Zigarette an und ging ein paar Schritte auf und ab. Die Sekunden der Stille kamen ihm vor wie eine Ewigkeit. Endlich brach Magdalena das beklemmende Schweigen.

„Weißt du Jesus, ich will gar nicht in deiner Vergangenheit wühlen. Wie du damals gelebt hast, ist deine Sache und ich maße mir nicht an zu beurteilen, ob und warum es Abweichungen gibt zu dem, was überliefert ist. Aber merkst du nicht, dass du schon am ersten Tag deiner Reise auf der Erde denselben Fehler begehst, den du uns vorwirfst? Du verurteilst! Vielleicht hast du als Gottes Sohn das Recht dazu, aber dann ziehe ihn schnell wieder ein, deinen drohenden Zeigefinger, und spucke lieber in die Hände, um etwas zu verändern."

Jesus war betreten, machte einen letzten Zug aus seiner Zigarette und dämpfte diese dann entsprechend den feuerrechtlichen Bestimmungen aus. Nachdem er einige Male tief durchgeatmet hatte und dabei wie versteinert in den Himmel blickte, so als erwartete er ein Stichwort für eine passende Antwort, sagte er leise: „Du hast recht, Magdalena, und ich danke dir für deine direkten Worte. Ich habe nicht damit gerechnet, dass mir schon am ersten Tag der Spiegel so krass vor Augen gehalten würde. Auch wir haben damals nicht alles richtig gemacht und mein Besuch hier soll dazu beitragen, einiges davon wieder gut zu machen. Du hast heute schon vorgeschlagen, die Dummheit abzuschaffen. Das wird nicht gehen, denn dazu müssten wir die Menschheit ausrotten. Aber lass' uns gemeinsam auf unserer Reise versuchen, Möglichkeiten zu finden, der Dummheit zumindest ein bisschen Einhalt zu gebieten."

Magdalena ging langsam auf Jesus zu, umarmte ihn zärtlich und hauchte ihm mit gebrochener Stimme ins Ohr: „Bitte verzeih', Jesus, ich wollte dich nicht kränken. Es ist nur so, dass ich so große Hoffnungen in deinen Besuch auf der Erde setze, denn wenn jemand die Menschheit zur Vernunft bringen kann, bist du es. Und dann hatte ich plötzlich das Gefühl, du stößt in dasselbe Fahrwasser, wie alle anderen auch."

„Ich weiß, Magdalena, ich weiß. Bitte vertrau' mir, wir werden das Pendel schon bald in die richtige Richtung

schwingen sehen. Aber jetzt lassen wir es gut sein für heute. Gehen wir ein paar Schritte den Strand entlang und kümmern wir uns danach um ein gutes Abendessen."
Sie hielten sich noch eine Weile fest um schließlich Hand in Hand und ohne ein Wort zu sagen ein Stück die herrliche Côte d'Azur entlang zu spazieren.

Tag 2 – *Gott ist eine Frau*

Es dämmerte noch, als der Wecker läutete. Jesus und Magdalena wollten früh aufstehen um genug Zeit zu haben, sich dem Thema des heutigen Tages zu widmen: Der Gleichberechtigung der Frau. Jesus konnte sich nicht vorstellen, dass es hier Ungleichheiten geben sollte, schließlich sind Mann und Frau als vollkommen gleichwertige Wesen auf die Erde gekommen, es gab lediglich verschiedene Aufgaben und Rollenverteilungen, doch das ist ja per se noch keine Ungleichberechtigung. Und warum die Geschichte mit der Rippe so mannigfaltig interpretiert wurde, hatte er ohnehin nie verstanden. Er wollte sich also anschauen, was da dahintersteckt. Außerdem fand er es immer schon merkwürdig, warum so wenige Frauen im Dienste der Kirche stehen.

Das Frühstück fiel ob des umfangreichen Programms etwas deftiger aus. Speck mit Ei, dazu eine große Tasse Kaffee, danach noch eine Schale Müsli und ein wenig Obst. An die Ergründung dieses Themas musste man eben gestärkt herangehen. Schnell waren alle Sachen im Bus verstaut und nach einer kurzen Tankpause konnte die Reise weitergehen.

Weil es ihn am meisten interessierte, begann Jesus mit der Stellung der Frau in der Kirche. Auffallend war, dass es keine Priesterinnen in manchen seiner Kirchen gab und so wandte er sich mit einiger Verwunderung fragend an Magdalena.

„Kannst du mir erklären, warum es bei den katholischen Christen keine Priesterinnen gibt, bei den evangelischen hingegen schon?"

„Logisch nicht, aber die Katholiken meinen, das Priestertum sei eine reine Männerdomäne. Sie hatten wohl Angst vor den Frauen. Wenn du dir anschaust, was im Laufe der Jahrhunderte aus deiner Kirche geworden ist, wirst du merken, dass viele Veränderungen wohl bewusst herbeigeführt wurden, um den Glauben manipulativ einzusetzen. Aus Streben nach Macht und der Angst diese zu verlieren. Aber das Thema behandeln wir übermorgen im Detail. Doch es ist bestimmt nicht zu leugnen, dass die Kirche einen nicht unwesentlichen Einfluss bei der Rollenverteilung zwischen den Geschlechtern geltend machte."

„Du machst mich mitverantwortlich für etwas, das wir ursprünglich völlig anders geplant hatten?", fragte Jesus vorwurfsvoll.

„Nicht dich Jesus, dein Gefolge. Da waren und sind schon einige Patienten dabei. Aber wie gesagt, schaffe die Dummheit ab und du hast keine Sorgen mehr."

Jesus war verärgert, denn er liebte die Frauen, obwohl er es nicht immer leicht mit ihnen hatte. Auch er hatte Liebeskummer, schließlich ist er auch nur ein Mann. Und wie die meisten Männer redete er nicht gerne darüber, weshalb wahrscheinlich nicht viel davon überliefert ist, und die meisten im Glauben sind, es hätte keine Frau in seinem Leben gegeben. Ob das wohl der Grund ist, warum Priester nicht heiraten dürfen? Oder gab es in seinem Leben gar einen Mann?

„Das wäre ja wirklich absurd!", dachte Jesus. Aber egal. Er hatte ohnehin den Eindruck, dass Frauen in der

Kirche nicht das vordergründige Thema in der Frage der Gleichberechtigung waren. Schade eigentlich. Vielmehr scheint es den Menschen um das Rollenbild der Frau zu gehen. Dieses sei veraltet. Nun, dem ist eigentlich nichts zu entgegnen, denn es hat sich vieles in der Gesellschaft verändert, warum also nicht auch die Rollenverteilung. Aber weshalb wurde versucht, diese Veränderung mit dem Holzhammer voranzutreiben? Veränderung braucht Zeit, schließlich müssen sich alle Beteiligten erst damit auseinandersetzen und sich umstellen. Warum lässt man ein Pendel nicht langsam in die Gegenrichtung schwingen, sondern treibt es von einem ins andere Extrem?

*

Es gibt keinen plausiblen Grund für die Ungleichbehandlung von Mann und Frau. Warum und wodurch diese in der Vergangenheit entstanden ist, wird in der einwöchigen Reise wohl kaum zu ergründen sein, weshalb wir diesen Umstand der Einfachheit halber als Fakt annehmen. Nun kam es im letzten Jahrhundert dankenswerterweise zu Bewegungen, die diese Ungleichheit egalisieren wollten. Frauen sollten eigenständig sein, nicht mehr von ihren Männern abhängig oder gar unterdrückt, sie sollten ebenso studieren und Karriere machen können wie Männer, in der Arbeitswelt dieselben Chancen und auch dieselbe Entlohnung bekommen. Bis hierher ist nichts einzuwenden und auch wenn es für die Machos dieser Welt nicht einfach gewesen wäre, es hätte durchaus zu einer vernünftigen Lösung kommen können. Was aber war passiert? Man verfiel ins Extreme. Die an sich gute Bewegung bot ausreichend Nährboden für Rachegelüste unbefriedigter und komplexbeladener, ja vielleicht sogar hasserfüllter Extremistinnen. Männer wurden zum Feindbild und sollten nun bezahlen für die jahrhundertlange Unterdrückung. Auge um Auge, Zahn um Zahn. Hört man Aussagen gewisser Frauenrechtlerinnen, die in Deutschland groß geworden sind, fällt es schwer, nicht Unzurechnungsfähigkeit oder gar strafrechtliche Konsequenzen in Erwägung zu ziehen. Das Pendel schlug aus ins Extreme und die logische Konsequenz ist die Entstehung einer Gegenbewegung. Männer sind ja gar keine Täter, nein sie sind Opfer. Und so geht es hin und her, absolut ineffizient, daher ohne Lösung und vor allem ohne Ende. Das Thema wird immer öffentlicher und somit politisch, was schon per definitionem dazu führt, dass es keine konkreten Lösungsansätze gibt, sondern bloß Scheinaktionen, die sich gut verkaufen lassen, wie beispielsweise vorgeschrieben Frauenquoten in der oberen Managementebene. Ein Schwachsinn, der jeder noch so steilen beruflichen Karriere einer Frau erst recht den bitteren Beigeschmack verleiht, sie fuße nicht auf dem so ersehnten Leistungsprinzip, sondern auf der Einhaltung gesetzlich vorgeschriebener Quoten.

*

„Mit anderen Worten, es wurde wieder ein guter Ansatz in der Umsetzung verhaut", sagte Jesus zu Magdalena

„langsam glaube ich auch, dass die Probleme ganz einfach zu lösen sind, indem man die Dummheit abschafft, wie du immer vorschlägst. Vielleicht sollte ich doch einmal mit Daddy sprechen, ob man da etwas umprogrammieren kann. Dabei hat er ihnen jede Menge Hausverstand gegeben, doch mit dem konnten sie wohl nicht umgehen. Der ist völlig verkümmert."
„Selbst als Frau muss ich fairerweise sagen, dass wir Frauen nicht ganz unschuldig an dieser Entwicklung sind. Auch wir hätten mehr auf Kommunikation statt auf Konfrontation setzen müssen, aber vielen konnte es halt nicht schnell genug gehen. Als kleine Entschädigung lade ich dich jetzt einmal auf einen Kaffee ein."
Ein Angebot, das Jesus nicht ausschlagen konnte.

*

Die Sache stellt sich tatsächlich nicht so einfach dar. Oder eigentlich doch, es wurde nur völlig unprofessionell an sie herangegangen. Die Rollenverteilung in der Gesellschaft hat sich verändert. Früher versorgten Frauen den Nachwuchs, Männer ernährten die Familie. Heute machen beide beides. Soweit ist dieser Entwicklung nichts entgegen zu halten, täten sich da nicht ein paar Ungleichheiten auf. Und die betreffen beide Geschlechter gleichermaßen, nur wird spannenderweise immer nur von der Ungleichbehandlung der Frau gesprochen.

Frauen beklagen, dass sie weniger verdienen als Männer und sie nicht dieselben Karrieremöglichkeiten hätten.

Das ist gewiss nicht zu leugnen, doch wäre es nur fair, die Situation in ihrer Gesamtheit zu betrachten. Denn letztendlich gibt es durchaus wirtschaftliche Gründe, die dafür sprechen einen Mann statt einer Frau einzustellen, zum Beispiel die Wahrscheinlichkeit einer Schwangerschaft. Stellt man eine Frau ein, besteht das Risiko, dass sie wegen Karenz für mehrere Monate oder gar Jahre ausfällt. Nun hat man in den Aufbau einer Mitarbeiterin Zeit und Geld investiert, und während sie nun endlich produktiv ist, fällt sie wieder aus. Man muss also Ersatz finden, diesen wieder einschulen und wenn er produktiv ist, kommt die Frau aus der Karenz zurück – womöglich als Teilzeitkraft – und der inzwischen produktive Ersatz muss weichen, während die zurückgekehrte Frau wieder von vorne beginnen muss. Ein ineffizienter Kreislauf, der sich dauerhaft dreht. Die Darstellung mag überzeichnet klingen – ich spüre förmlich die empörten Aufschreie der Leserinnen – doch letztendlich liegt dem keine Ungleichberechtigung sondern trockenes wirtschaftliches Kalkül zugrunde. Und es tut mir leid, doch dass die Natur die Frauen auserkoren hat, Kinder zu gebären, fußt nicht auf Ungleichbehandlung. Die Idee stammt auch nicht von einem Mann – es sei denn, Gott ist einer, was aber wieder dem Gleichheitsgrundsatz widerspräche. Ob wir nun wollen oder nicht, diesen Umstand haben wir zu akzeptieren. Den können nicht einmal die extremsten Extremistinnen ändern.

Die Politik glaubt nun mit Frauenquoten Besserung herbeizuführen. Ich behaupte, dass das ergebnislose Parteipropaganda ist, denn eine Lösung sollte nie im Zwang, sondern in Belohnung zu suchen sein.

(Nein, ich war weder Waldorf- noch Montessori-Schüler.)

Eine Lösungsvariante wäre beispielsweise, Betriebe, die einen bestimmten Anteil an Frauen anstellen, mit einer Steuererleichterung zu belohnen. Jene Betriebe, die Frauen einstellen und damit das wirtschaftliche Risiko von Mehrkosten wegen Karenzausfällen eingehen, sollen durch geringere Steuerbelastung einen Ausgleich finden. So kann jedes Unternehmen rein wirtschaftlich entscheiden, welcher Variante der Vorzug gegeben wird. Ähnlich verhält es sich mit ungleicher Bezahlung. Werden in ein- und demselben Betrieb Männer und Frauen für die gleiche Arbeit ungleich entlohnt, steigen die Lohnausgleichszahlungen bei den Gehältern für Frauen. Umgekehrt sinkt die Besteuerung in jenen Unternehmen, die bei der Entlohnung geschlechtsneutral agieren.

Aber das Ungleichgewicht fällt ebenso zum Nachteil der Männer aus. Nehmen wir als Beispiel die Wehrpflicht: Bei Männchen Pflicht, bei Weibchen optional. Geht doch auch nicht. Wenn, dann müssen alle gleich dienen! Während der Ausbildungszeit bis zu einem zu bestimmenden Alter aufschiebbar, müssen schließlich alle, egal welchen Geschlechts, dem Staate dienen – in welcher Form auch immer. Nur wenn Frauen entbinden, sind sie von der Wehrpflicht entbunden. Das würde gleichzeitig unser aller Fortbestand sichern, denn bestimmt entscheiden sich dann viele doch schon früher für Kinder statt für Sozial- oder Zivildienst. Oder wir schaffen die Wehrpflicht eben für alle ab.

Überhaupt gewinnt man den Eindruck, dass manche Frauen sich unter dem Deckmantel der Gleichberechtigung die Rechte der Männer aneignen wollen, die Pflichten aber unter den Teppich kehren. Und das ist ja auch nicht die feine Art. Zudem führt es dazu, dass das Rollenbild des Mannes immer verschwommener wird.
Der Mann soll stark sein, aber auch Gefühle zeigen. Der Mann soll beschützen, aber auch unterwürfig sein. Der Mann soll im Haushalt arbeiten, aber nicht zu viel, denn sonst wird er unsexy. Der Mann soll die Frau nicht bevormunden, aber er soll ein Kavalier sein. Er soll kochen können, aber nicht zur Memme verkommen. Und er soll im Sitzen pinkeln. Dass kein Mann all diese Anforderungen erfüllen kann, ist klar. Wen wundert's also, dass die Männer überfordert sind.
Und dass auf der anderen Seite schwere Arbeiten natürlich von Männern zu erledigen sind, versteht sich von selbst, schließlich entspricht das ihrer Natur. Ah, wie war das mit der Natur und dem Kinder kriegen....

Also Gleichberechtigung ja, aber dann auch bedingungslos und geschlechtsneutral.

Inzwischen beschäftigt dieses Thema ohnehin mehr Gerichte als Frauen (DAS Gericht ist ja grammatisch geschlechtsneutral und ob es mehr Richter oder Richterinnen gibt, entzieht sich meiner Kenntnis, um nicht zu sagen, es ist mir wurscht).
Jedenfalls landete neulich die Österreichische Bundeshymne vor dem Obersten Gerichtshof. Stein des Anstoßes war die Textzeile „Heimat bist du großer

Söhne", die von Feministinnen als diskriminierend bezeichnet wurde, da das Land auch große Töchter hervorgebracht hätte. Daran zweifelt auch niemand, doch wäre die Textzeile „Heimat bist du großer Töchter" wiederum diskriminierend gegenüber den Männern, was denen wahrscheinlich zu gut 90% egal wäre. Die Textzeile „Heimat bist du großer Söhne und Töchter" hingegen wäre vom Hexameter her zu holprig und wenn man einfach singt „Heimat bist du großer Kinder", dann klingt das als wäre unser schönes Land der reinste Kindergarten. Obwohl, wenn man sich alleine diese Diskussion anschaut, ist das gar nicht so weithergeholt...
Zumindest das Wort Vaterland wird nicht als diskriminierend angesehen, vielleicht weil das Wort Muttersprache als Ausgleich akzeptiert wird.
Per Erlass erging schließlich die Zusage, den Text „Heimat bist du großer Söhne und Töchter" ganz offiziell singen zu dürfen. Gleichberechtigung braucht eben keinen Hexameter. Und freuen Sie sich schon auf das nächste Fußballspiel unserer Nationalmannschaft. Die tun sich ohnehin schon so schwer mit dem Text merken, und dann auch noch diese Änderungen. Vor allem werden die Leserbriefe erboster weiblicher Fußballfans amüsant werden, wenn die Kicker auf das Besingen der Töchter vergessen.
Dass Frauen bei solchen Fußballspielen weit weniger Eintritt zahlen als Männer, widerspricht übrigens nicht dem Gleichheitsgrundsatz. Dieses Thema endete vor Gericht nämlich mit dem Spruch, dass der Verkauf von ermäßigten Eintrittskarten für Frauen als „Teil der Maßnahmen zur Förderung des aktiven Damenfußballs" zu werten sei. Die spinnen wirklich.

Wenn man ganz nüchtern darüber nachdenkt, ist es eigentlich ein Wahnsinn, womit sich unsere Feministinnen auseinandersetzen. Welches Pferd die wohl reiten mag. Wahrscheinlich keines, das ist genau das Problem. Wen wundert es da noch, dass diese Bewegung oft nicht ernst genommen werden kann. Schade, dass einige wenige Extremistinnen damit ein wichtiges gesellschaftliches Anliegen ins Lächerliche ziehen.

Gott sei Dank landen aber auch wichtige Themen der Gleichberechtigung vor Gericht, wenngleich diese meist Männer betreffen. So widerspricht es der Gleichstellung, dass Frauen bereits ab 60, Männer jedoch erst ab 65 in den Genuss ermäßigter Seniorenkarten öffentlicher Verkehrsunternehmen kommen. Ich finde keine plausible Erklärung dafür, schon alleine deshalb nicht, weil Männer ja ohnehin eine geringere Lebenserwartung aufweisen und somit diese Seniorenkarte im Durchschnitt weniger lang nutzen können. Aber auch hier hat die Gerechtigkeit gesiegt und die Tarife müssen geändert werden, bleibt nur abzuwarten, in welche Richtung. Dazu wird es bestimmt einiger Arbeitsgruppen bedürfen, um sich letztendlich auf die Österreichischste aller Lösungen zu einigen, dass Männlein wie Weiblein ab 62,5 Jahren günstiger mit der Tramway zum Taubenfüttern in den Park fahren dürfen. Ein Hoch dem Verwaltungsaufwand!

Sie sind mannigfaltig die Beispiele solcher Absurditäten. Bei sämtlichen männlichen Substantiven, die auch in weiblicher Form möglich wären, ist ein „In" beziehungsweise ein „Innen" anzuhängen, also

beispielsweise BewerberInnen oder GeschäftsführerIn. Berufsbezeichnungen müssen angepasst werden wie etwa auf Direktorin, Ministerin oder Hofrätin. Lustig wird es, wenn ein Österreichisches Bundesland eine Frau zum Häuptling (oder zur Häuptlingin?) wählt. Heißt die dann Frau Landeshauptfrau oder Frau Landeshauptmann? Gibt es eigentlich eine Feuerwehrhauptfrau? Oder eine Inspektorin, weil „Inspektor gibt's kan" wie wir seit Kottan wissen. Damit es keinen Putzmann geben muss, hat man gleich die Putzfrau abgeschafft und durch das Wort Reinigungskraft ersetzt, wobei dieses ja auch weiblich ist und somit Nährboden für Feministinnen bietet, denn diese könnten in der Tatsache, dass die Kraft ein weibliches Wort ist, eine Diskriminierung dahingehend orten, dass Reinigen als typisch weiblicher Beruf gewertet wird. Beschwerden oder gar Klagen in diese Richtung sind mir bisweilen noch keine bekannt. Arbeitet eine Frau unter Tage, ist sie dann Bergmännin oder Bergfrau? Gibt es eigentlich eine Tankwartin? (Im Duden gibt es das Wort tatsächlich, mein Rechtschreibprogramm am Computer kennt es nicht. Vaio, der Macho!)
Sie merken also, bei diesem Thema sind noch viele Fragen offen, die noch ebenso viele Gerichte beschäftigen werden. Und sie merken auch, dass die wichtigen Fragen zu diesem Thema in den Hintergrund gedrängt werden, nur weil sich Extremistinnen an solchen Blödheiten befriedigen.

Im Jahr 2011 fiel der internationale Frauentag übrigens auf den Faschingsdienstag. Zufall oder Zeichen? Nicht, dass Sie mich falsch verstehen, verehrter Leser, aber wird das wichtige und ernste Thema der Gleichberechtigung nicht viel zu oft zum Waschen kleinbürgerlicher Schmutzwäsche missbraucht? Gibt es nicht vordergründigere Themen in der Frauenpolitik, als Textzeilen in Hymnen oder weibliche Berufsbezeichnungen? Gut, dass es Frau Magistra und nicht Frau Magister heißt, hat grammatikalische Wurzeln (Vaio, der Macho, kennt übrigens auch keine Magistra), aber Frau Doktorin klingt doch blöder als Frau Doktor, oder? Muss man wirklich extremistischen Unsinn verzapfen, damit man in der Öffentlichkeit gehört wird? Geht es nicht auch mit vernünftigen Gesprächen, in denen das Thema und die Anliegen im Vordergrund der Diskussion stehen? Das Pendel droht dann immer weiter hin- und her zu pendeln anstatt sich langsam auf einem lösungsorientierten Punkt einzupendeln.

Denn inzwischen beginnt der zwanghafte Gleichberechtigungsdrang ökonomischen Gesetzen zu widersprechen und da wird es wirklich unlustig. Ein Beispiel sind die Kfz-Versicherungsprämien, deren Höhe sich völlig richtigerweise an dem Risikofaktor orientieren. Es gilt als empirisch erwiesen, dass Männer die risikofreudigeren Autofahrer sind als Frauen und daher mehr Unfälle und Kosten verursachen, ergo zahlen sie auch höhere Prämien. Eine auf Fakten basierende, seit Jahren praktizierte, einfache und logische Rechnung, die jedoch plötzlich dem Gleichheitsgrundsatz widerspricht und laut EU bis 2012 bereinigt werden muss. Mit anderen Worten werden Frauen ab diesen Zeitpunkt mehr für ihre Kfz-Versicherung bezahlen und mit ihren Prämien somit die Folgekosten männlicher Rennfahrerträume mittragen müssen. Aus meiner Sicht keine Frage der Gleichberechtigung sondern eine trockene Kosten-Nutzen-Rechnung. Und genau der widerspricht diese Verordnung. Gerne wäre ich für einen Tag eine Fliege in jenem Besprechungsraum in Brüssel, aus dem solche Ergüsse hervorquellen.

Aber nehmen wir das so viel diskutierte, selbst- oder fremdbestimmte Frauenbild einmal aus jenem Blickwinkel unter die Lupe, der den Männern vordergründig unterstellt wird, dem sexistischen. Die Frau als Lustobjekt, das sie nicht mehr länger sein will. Die Frau im Allgemeinen legt heute nur noch Wert auf ihr Äußeres, um sich selbst zu gefallen und nicht mehr den Männern. Sie will nicht mehr begehrt werden, denn sie ist ja kein Lustobjekt. Im Gegenzug interessiert sie sich weder für knackige Apfelpos, noch für Sixpacks. Oder doch, weil sie heute den Mann als Lustobjekt sieht. Nein, das widerspräche ja dem Gleichheitsgrundsatz.
Der Markt regelt sich bekanntlich über Angebot und Nachfrage, es werden also in erster Linie jene Produkte angeboten, die Kunden nachfragen und kaufen. Wollen sie die Kunden nicht, nimmt man die Produkte aus dem Angebot. Wenn also Frauen nicht mehr länger als Lustobjekt gesehen werden wollen, warum gibt es dann fast ausschließlich rosa Spielzeug für Mädchen, findet man Puppen hauptsächlich in Form von Sexsymbolen à la Pamela und tragen Mädchen in der Volksschule kürzere Miniröcke als weiland Twiggy? All das Zeug kaufen ja die Mütter (und kaum die Väter), die damit ihre Töchter in genau die Rolle zwängen, aus der sie selbst mit allen Mitteln raus wollen. Und wer schickt seine kaum 8-jährigen Töchter statt in den Gitarreunterricht üppig geschminkt zu diversen Casting Shows, wo sie sich in hautengen und kurzen Kleidern auf der Bühne räkeln?

Das ist nicht mehr entzückend, sondern peinlich. Um nicht zu sagen widerlich. All das gibt es, weil Frauen und Mädchen daran teilnehmen und teilhaben wollen. Halbverhungerte Models werden zu Idolen und bereits zur Firmung, falls dieses Sakrament überhaupt noch empfangen wird, wünschen sich die Mädels einen größeren Busen. Da stimmt doch was nicht, und dafür werden die Männer verantwortlich gemacht?

*

„Also Gleichberechtigung ist ja noch anstrengender als das Thema mit den Fremden", stöhnte Jesus erschöpft. „Was hältst du davon, wenn wir irgendwo eine gepflegte Pizza essen und uns danach bei einem lustigen Film im Kino ablenken. Mir ist nach all den Beobachtungen nach Lachen. Das hilft bekanntlich immer!"
Magdalena war von der Idee begeistert und so verbrachten die beiden noch einen heiteren Abend, jedoch nicht ohne beim Essen über den vergangenen Tag zu resümieren.
„Der Wein ist großartig", schwärmte Jesus, „und das, obwohl es ein einfacher Hauswein ist", wunderte er sich.
„Die Franzosen haben gute Weine auch zu moderaten Preisen", klärte Magdalena ihn auf, „und die bekommt man dann meist in den Lokalen abseits der Touristenmeilen. Club des sommeliers heißt das Zauberwort. Sag, weißt du ob die Pizza in Frankreich oder in Italien erfunden wurde?"

„Was fragst du mich, ich bin mit trockenem Fladenbrot groß geworden. Ist das etwa wichtig?", verstand Jesus die Frage nicht ganz.
„Für die Franzosen und die Italiener schon, die streiten nämlich darum, von wem das Original kommt."
„Also mir ist das ehrlich gesagt egal. Ich wundere mich nur immer wieder, worüber ihr euch den Kopf zerbrechen könnt. Ah, da kommen sie ja schon unsere Pizze. Oder sagt man Pizzen? Was soll's. Wie die duften, herrlich!", freute sich Jesus um nach einem kurzen „Guten Appetit" beinahe schweigend sein Abendbrot zu genießen, nicht ohne zuvor in einem kurzen Gebet seinem Vater dafür zu danken. Genuss ist eben etwas Göttliches, wenn man ihn bewusst erlebt. Das kann gar keine Sünde sein!

Mit vollem Magen und nach zwei Gläschen Wein fiel es den beiden leichter, das Thema des heutigen Tages erneut zu diskutieren.
„Warum wird das Thema Gleichberechtigung letztendlich so oberflächlich und anhand vorwiegend unwichtiger Themen besprochen?", fragte Jesus, „warum wird die Angelegenheit nicht auf den Punkt gebracht, dass im öffentlichen Leben Mann und Frau gleichgestellt sind, egal, ob es um Ausbildung, Beruf oder Familie geht. Wenn vom Fundament her eine Gleichstellung herrscht, bleibt es den jeweiligen Akteuren überlassen, in welchen Nuancen das Zusammenleben gestaltet wird, ob es den Charmeur gibt und eine, die es zu erobern gilt, ob die Frau die Initiative ergreift und der Mann einfach nach seinen Gefühlen handelt. Wenn die Basis dieselbe ist, kann man doch seine eigenen Spielregeln aufstellen. Warum müsst ihr alles so verkomplizieren?"

„Wegen deiner Pendeltheorie", antwortete Magdalena mit Jesus' Worten. „Wenn die Beteiligten vom Gas runtergehen, schwingt das Pendel langsamer bis es sich am richtigen Punkt einpendelt. Es darf nur nie ganz stehen bleiben, leichte Reibungspunkte bleiben immer."

„Mann und Frau sind unterschiedliche Wesen von ihrer Art, ihrer Denke und ihren Gefühlen, da sie ja für ebenso unterschiedliche Aufgaben gedacht sind. Und da sich Gegensätze ja bekanntlich anziehen, sind wir davon ausgegangen, dass das funktioniert. Es war uns wohl damals nicht bewusst, dass diese Gegensätze so schwer zu akzeptieren sein werden und, schlimmer noch, dazu führen sollten, dass sie bewertet wurden. Plötzlich war das eine gut und das andere schlecht. Oder zumindest das eine besser und das andere schlechter. Und sobald gewertet wird, entstehen Konflikte."

„Aber Konflikte können doch durchaus produktiv sein", warf Magdalena fast schon philosophisch ein.

„Schon, aber nur, wenn man eine vernünftige Lösung sucht. Hier ist ja alles stur und unnachgiebig abgelaufen. Da ging es nicht immer nur um die Sache, sondern um Eigeninteresse. Schau dir den Schwachsinn an, der dabei herausgekommen ist."

„Warum habt ihr da eigentlich nie eingegriffen?", fragte Magdalena.

„Keine Ahnung", antwortete Jesus und zuckte mit den Schultern, „wir sind eigentlich davon ausgegangen, dass ihr das alleine auf die Reihe kriegt und haben uns mit anderen Dingen beschäftigt. Es gibt ja noch mehr Planeten als die Erde."

„Also doch!", klopfte Magdalena auf den Tisch. „Ich wusste es. Erzähl mal von den anderen Lebensformen", forderte sie schließlich neugierig.

„Ist kein gutes Thema jetzt. Bestellen wir noch eine Flasche Wein?", versuchte Jesus abzulenken und steckte sich eine Zigarette an.

„Von mir aus. Aber rauch nicht so viel!" Magdalena war sichtlich enttäuscht, dass Jesus nichts erzählen wollte, dabei hatte sie gehofft, er würde durch den Wein gesprächiger. Doch er hatte sich unter Kontrolle.

„Ich weiß nicht, Magdalena!", seufzte Jesus. „Wenn wir morgens aufstehen, geht einer frisches Gebäck holen während der andere das Frühstück richtet und danach macht einer den Abwasch während der andere die Sachen wegräumt, damit wir losfahren können. Da diskutiere ich ja nicht darüber, ob eine Tätigkeit wichtiger ist als die andere, denn nur wenn alles erledigt wird, ist der Bus startklar. Somit ist jede Tätigkeit gleichwertig."

„In der Praxis eben nicht", erwiderte Magdalena, „denn wie du selbst sagtest werden die Tätigkeiten bewertet und damit einer Rangordnung unterstellt."

„Und wer bewertet? Wie legt man fest, dass eine Tätigkeit wichtiger ist als die andere, wenn beide zur Zielerreichung notwendig sind?"

„Gegenfrage: Was ist wichtiger, Nahrung herbeischaffen oder für den Nachwuchs sorgen? Eines ist ohne das andere nicht dauerhaft."

„Und was war zuerst da, die Henne oder das Ei?", konterte Jesus.

„Gute Frage. Du kannst die doch sicher beantworten", lachte Magdalena.

„Sehr witzig!"

Wie sie es auch drehten und wendeten, sie kamen zu keiner plausiblen Erklärung warum der Mensch die

Gleichstellung zwischen Mann und Frau nicht versteht. Aber Jesus war ehrgeizig und nahm sich fest vor, dieses Thema nach seiner Rückkehr mit seinem Vater von Grund auf zu analysieren und Maßnahmen zu ergreifen. Ganz ohne Emanzen. Wir können gespannt sein.

Als sie ausgetrunken hatten verließen sie trotz des angenehmen Sättigungsgefühls etwas enttäuscht das Lokal, weil sie zu keiner Lösung gekommen waren und gingen in Richtung Kino. Doch der Spaziergang durch die laue Sommernacht entschädigte sie ein kleines bisschen. Es ist schon sehr schön auf der Erde. Schade, dass die Menschen das als so selbstverständlich sehen und sich mit unnötigen Problemchen das Leben schwerer machen. Dabei könnte alles so einfach sein.

Tag 3 – Politik und Konzerne

Am nächsten Morgen regnete es und so mussten Jesus und Magdalena im Wohnbus frühstücken. Es war nicht gerade geräumig, aber für eine Tasse Kaffee und zum Streichen des Butterbrotes reichte der kleine Tisch allemal.

„Das war ein lustiger Film gestern", sagte Jesus mit einem Lächeln. „Und er hatte durchaus Passagen, die zum Nachdenken anregten. Erinnerst du dich an die Szene, als der Busfahrer zum Abendmahl geladen war inmitten all der Größen aus Adel und Politik und dort seine Wirtschaftstheorie zum Besten gab?"

(In dieser Szene des Films „Innamorato pazzo" wird der Busfahrer Barnaba, köstlich verkörpert von Adriano Celentano, nach der wirtschaftstheoretischen Linie gefragt, die er vertrete. Er antwortete, es sei dies die Linie 29, also seine Buslinie, die er jeden Tag fährt. Die übrigen Gäste, die ihn ja nicht für einen Busfahrer halten, denken, er meine die Wirtschaftskrise von 1929, den Wandel von der klassischen Ökonomie zum Keynesianismus. Sie redeten also von völlig unterschiedlichen Bereichen und verstanden sich dennoch prächtig.)

„Irgendwie hat er das Thema genau auf den Punkt gebracht, einfach und klar verständlich. Und das obwohl er von etwas ganz anderem sprach. Überhaupt scheint es mir, dass viele Jobs hier auf der Erde komplett überbewertet werden. Sieh dir nur so manche Gehälter an, die stehen in keiner Relation mehr zur Leistung. Und

es gibt immer wieder Fälle, wo hochrangige Manager mit Millionenabfertigungen entlassen werden, weil sie ihre Unfähigkeit nicht mehr länger verbergen konnten und das von ihnen gelenkte Unternehmen bankrott ging. Wobei, so unfähig können sie auch nicht sein, ist es ihnen doch immerhin gelungen solche Verträge auszuhandeln. Fragwürdig sind ja vielmehr die, die solche Verträge anbieten."
„Das sind meist politisch gefärbte Verträge", antwortete Magdalena. „Wenn du ein Parteibuch hast, oder zumindest die richtigen Leute kennst, hast du gute Chancen auf einen solchen Job."
„Und wie ist es mit der Qualifikation?", fragte Jesus etwas naiv.
„Ihr da oben seht wirklich alles durch eine rosarote Brille. Kein Wunder, dass euch immer weniger Menschen ernst nehmen."
„Na, sind wir heute ein wenig gereizt oder gar angriffslustig?", neckte Jesus Magdalena.

Wie es im Süden so ist, hat es bald aufgehört zu regnen und die Sonne kam Stück für Stück hervor. Als Jesus mit dem Abwasch fertig war, wurde es beinahe wolkenlos und so saßen er und Magdalena gemeinsam auf einem fast schon aufgetrockneten Stein, rauchten eine Zigarette und besprachen die Planung für den heutigen Tag.

„Wenn wir schon beim Frühstück damit angefangen haben, sehen wir uns heute ein schmutziges Thema an, eines voller Lügen und Korruption", schlug Magdalena vor.
„Du meinst die Mafia, weil wir gestern einen italienischen Film angesehen haben?"

„Nein, nicht ganz, denn bei der Mafia sind diese Eigenschaften ja bekannt, was das ganze schon wieder unter ein anderes Licht rückt. Ich meine jene Bereiche, bei denen es scheinheiliger zugeht, also nach außen hin hui, innen aber pfui. Heute schauen wir uns Konzerne an und die Politik. Ähnlich gestrickt und irgendwie auch miteinander verknüpft."

„Ein ekeliges Thema", meinte Jesus nicht gerade motiviert, „aber was soll's, wir kommen ja ohnehin nicht daran vorbei und so haben wir es wenigstens hinter uns, wenn wir heute Abend unser Picknick am Meer machen. Ich freue mich schon darauf!"

„Ich mich auch!" Magdalenas Stimme wurde bei dem Gedanken hörbar beschwingter.

Für den heutigen Abend hatten sich die beiden vorgenommen am Strand einen Fisch zu grillen, so richtig mit Lagerfeuer und Meeresrauschen. Ursprünglich wollten sie diesen sogar selbst angeln, doch Jesus besann sich dann doch auf seine Rolle als deutscher Tourist und beschloss den Fisch am Markt zu kaufen. Die Fischmärkte im Süden sind ohnehin für ihre frische Ware bekannt. Nach dem Essen wollte Jesus dann seine Gitarre auspacken und Magdalena mit ein paar Cat Stevens-Songs beeindrucken. Er war immer schon Romantiker. Aber bis dorthin hatten sie noch jede Menge Arbeit.

Sie machten den Bus startklar und fuhren los. Heute saß Magdalena am Steuer, denn Jesus hatte sich mit einigen Zeitungen eingedeckt, die er während der Fahrt lesen wollte um sich ein wenig vorzubereiten.

„Sag', sind das Faschingsblätter oder tatsächlich aktuelle Tageszeitungen?", fragte Jesus beinahe entsetzt. „Das kann doch unmöglich alles stimmen, was da steht!"
„Nun, grundsätzlich stimmt nie, was in der Zeitung steht, da Journalisten die Themen immer so verdrehen, dass sich die Story besser verkaufen lässt. Aber im Kern stimmen die Geschichten natürlich, gewisse Tatsachen oder beteiligte Personen werden halt verdreht. Warum fragst du?"
„Das ist ja nur noch Bürokratismus, Korruption und Falschheit. Da geht es ja gar nicht mehr um die Sache. Haben die Menschen in den letzten zweitausend Jahren nichts gelernt?"
„Die meisten lernen von einem Tag auf den anderen nichts dazu, geschweige denn während so langer Zeitspannen", antwortete Magdalena, als wäre es das Normalste auf der Welt.
„Nein, nein, wirklich, nicht böse sein, Magdalena", stotterte Jesus betreten, „mit dem Thema möchte ich mich nicht beschäftigen. Da rege ich mich nur unnötig auf. Ich kann nicht glauben, dass mein Vater solche Schwachköpfe auf die Erde gepflanzt hat. Das geht ja auf keine Kuhhaut!"

Jesus schien sichtlich verärgert ob der verworrenen politischen und wirtschaftlichen Zustände auf der Erde und wunderte sich, dass sich die Menschheit nicht schon längst selbst ausgelöscht hat. Offenbar gab es tatsächlich eine höhere Gewalt, die das immer wieder zu verhindern wusste und wahrscheinlich war diese sogar sein Vater.

„Was tust du jetzt so memmenhaft?", fragte Magdalena. „Ich dachte du bist gekommen um die Welt zu verbessern. Da darfst du nicht gleich bei der erstbesten Hürde einen Rückzieher machen."

„Du hast ja recht, aber dieses Geflecht ist ja schlimmer als ein gordischer Knoten!" Jesus ging als Kind natürlich zur Schule und kannte daher auch die Geschichte vor seiner Zeitrechnung. „Ich bin nur gespannt, ob ich mir an einem Tag genug Einblick in diese verworrenen Systeme schaffen kann, um zu Hause eine Lösung auszuarbeiten. Wahrlich, ich sage dir, das wird eine harte Nuss!"

*

Das System ist in der Tat verworren und Jesus las in den Zeitungen einige unglaubliche Berichte. Zum Beispiel von der EU, die in ihrer Grundidee total fortschrittlich ist, deren Umsetzung aber bisweilen aus einer Zeit zu stammen scheint, in der die Menschen eins und eins noch nicht zusammenzählen konnten.

So las er einen Bericht über öffentliche Ausschreibungen, die ja durchaus sinnvoll sind, um Monopolstellungen vorzubeugen. Durchaus, aber eben nicht immer, denn ein EU-Land, reich an eigenen Salinen, wollte Streusalz kaufen um im Winter die Straßen sicherer zu machen. Obwohl dieses Land genug Salz quasi ums Eck hatte, musste es dennoch in einem anderen EU-Land kaufen, weil dieses das Salz billiger liefern konnte. Nun wurde die Salzproduktion im eigenen Land gedrosselt, was natürlich Arbeitsplätze kostete, und das Salz wurde mehrere hundert Kilometer mit LKW transportiert, was wiederum die CO2-Bilanz nachhaltig belastete. Schließlich stellte sich heraus, dass das Salz aus dem anderen EU-Land von schlechterer Qualität war und daher größere Mengen gestreut werden mussten, um den erwünschten Erfolg zu erzielen. Weitere LKW rückten an (womit wir wieder bei der CO2 Bilanz wären) und die Streuwagen mussten öfter ausfahren. Das kostet Zeit, Geld und verschlechtert die CO2 Bilanz abermals. Unterm Strich kam das Streusalz, das laut Ausschreibung preisgünstiger sein sollte, teurer als jenes aus dem eigenen Land. Die verloren Arbeitsplätze noch nicht eingerechnet, die volkswirtschaftliche Kosten erhöhen und ebensolche Erträge verringern. Wer sich natürlich freut, sind die Transporteure und natürlich der Staat wegen der Mauteinnahmen und der Mineralölsteuer. Ist also doch Logik dahinter?

Überhaupt sind viele EU-Richtlinien nicht immer mit Logik belegbar. So gab es beispielsweise in Deutschland ein Molkereiunternehmen, das einen alteingesessenen und daher wohl auch veralteten Standort im Westen des Landes hatte. Als dann die Wende kam, war das ehemalige Ostdeutschland ob der sozialistisch planwirtschaftlichen Vergangenheit etwas benachteiligt, um nicht zu sagen wettbewerbsunfähig und galt wegen der hohen Arbeitslosenrate damals als förderungswürdiges EU-Gebiet. Wer immer dort investierte wurde mit EU Geldern überschüttet. Auch die besagte Molkerei sah schon weißes Gold sprudeln und beschloss im Osten einen Milchverarbeitungsbetrieb

zu errichten und so 150 Arbeitsplätze zu schaffen, obwohl mit der bestehenden Produktion bereits das Auslangen gefunden wurde. Unter tosendem Applaus wurde die EU-Kuh gemolken und mit enormen Förderungen ein neuer Betrieb, technisch auf dem neuesten Stand, im Osten errichtet. Nun stellte sich ganz überraschend heraus, dass die Produktionsmengen für den bestehenden und stagnierenden Markt einfach zu groß war, weshalb bedauerlicherweise der alte Betrieb im Westen geschlossen werden musste und 150 Leute auf der Straße saßen. Die Molkerei hatte also mit EU-Geldern einen neuen Betrieb errichtet, der ihr wegen der höheren Effizienz größere Gewinne einbringt. Die absolute Zahl der Arbeitslosen blieb konstant, die volkswirtschaftlichen Kosten des Landes ebenso, nur in den EU Statistiken finden wir einen Smiley mehr auf den Seiten der förderungswürdigen EU-Gebiete.
Schade, dass ein System, das von der Grundidee vernünftig ist, dermaßen zweckentfremdet ausgenutzt werden kann, nur um politisch schöne Zahlen präsentieren zu können.

Ein weiterer Bericht erzählt von den Pommes Frittes auf dem eigenen Teller. Die haben nämlich die Welt bereist, bevor sie verzehrt werden, sind also so etwas wie kosmopolitische Pommes. Die Kartoffel, auch liebevoll Erdapfel genannt, wird zwar im eigenen Land geerntet, danach aber in ein anderes Land zum Waschen und Schälen gebracht, weil dort die Arbeitskräfte billiger sind. Danach führt man die Saubermänner wieder zurück und schneidet sie maschinell in Streifen, um sie als Pommes Frittes verkaufen zu können. Schon alleine von der Grundidee idiotisch – und dann wäre da wieder die bekannte CO2 Bilanz... Aber Geld regiert bekanntlich die Welt und kosmopolitische Pommes sind eben billiger als die von Nebenan. Und das geht nicht nur mit den Erdapferln so, auch anderes Gemüse ebenso wie Obst und selbst Fleisch sind ständig unterwegs. Bei Fleisch ist es überhaupt ganz krass, denn da verlässt das ängstlich quietschende Schweinchen das Land und kommt fein säuberlich in Stücke verpackt wieder zurück.

„Kein Wunder, dass es bei uns oben manchmal so stinkt", warf Jesus ein.

Spannend ist bloß der Umstand, dass jene Leute, die diese kosmopolitischen Waren fordern und kaufen (weil sie ja so billig sind), sich am lautesten über die Umweltverschmutzung aufregen und sofort hupen, wenn vor ihnen ein LKW schleicht, der die Erdapferln durch die Gegend karrt.

Wieder in einem anderen Bericht steht geschrieben, dass in einem Parlament eine nicht enden wollende Sitzung abgehalten wird, um ein anstehendes Problem zu lösen. Nun hat eine Partei endlich einen vernünftigen Lösungsansatz und so sollte man annehmen, dass dieser Vorschlag nun gemeinsam zu seiner Umsetzung gebracht wird. Weit gefehlt! Das bestehende Problem muss nämlich einem neuen weichen, und zwar jenem, dass die übrigen Parteien nicht einfach so zugeben können, dass eine andere Partei einen vernünftigen Lösungsvorschlag bringt. Also wird beraten und nach Gegenargumenten gesucht, wobei diese nicht einmal klug sein müssen, sondern lediglich medienwirksam. Damit verliert das ursprüngliche Problem seine Wichtigkeit und bleibt damit für immer ungelöst.

*

„Sag, nehmen die alle Drogen bei euch?", fragte Jesus.
„Wir haben damals auch alle möglichen Gräser und Gewürze geraucht, aber geistig derart abgestürzt sind wir nicht."
„Was hältst du von einer kleinen Pause?", fragte Magdalena, um Jesus wieder ein bisschen aufzumuntern. „Dort vorne ist eine nette Brasserie. Da können wir uns einen guten Kaffe und ein Croissant genehmigen."
„Du meinst ein Hörnchen. Ich bin ja schließlich deutscher Tourist!", lachte Jesus.

Die Pause tat Jesus gut, denn er war wirklich etwas verwundert über die Geschehnisse hier unten. Aber das schattige Platzerl im Gastgarten der Brasserie stimmte ihn wieder versöhnlich.
„Warum denken die Menschen so wenig, bevor sie handeln?", fragte er.
„Das ist gar nicht das Hauptproblem", antwortete Magdalena, „natürlich gibt es Menschen, die ohne Hausverstand agieren, das führt zwar oft zu Kopfschütteln, ist aber im Grunde harmlos. Gefährlich sind jene, die bewusst so handeln, eigennützig, korrupt oder einfach aus Machtgeilheit. Vor allem dann, wenn sie das so verkaufen, als täten sie es zum Wohle der Allgemeinheit, die oft nicht imstande ist, die komplizierten Zusammenhänge zu verstehen. Da krönen

sich Militaristen zu Führern, machen sich Wahlverlierer durch hinterfotzige Bündnisse zu Kanzlern und müssen dann unterirdisch agieren, oder werden Marionetten zu Führungskräften, damit vom Hintergrund aus inkognito die Fäden gezogen werden können. In manchen Ländern wird sogar der Rechtsstaat ausgesetzt, um unangenehme Gegner unter irgendeinem Vorwand mundtot zu machen."

„Aber es gibt doch so viele internationale Einrichtungen, die so etwas verhindern sollen", warf Jesus ein.

„Da hast du schon recht, aber nur in der Theorie, denn erstens sitzen in solchen Komitees auch nur Menschen mit all ihren Anfälligkeiten und zweitens haben diese Länder meist irgendein herausragendes Argument, dass dann doch überwiegt, wie etwa Erdöl, Erdgas oder billige Arbeitskräfte."

„Aber das könnte man doch, wie sagt ihr da unten so schön, boykottieren."

„Könnte man ja, aber da müssten dann alle mitziehen und letztendlich ist einem das Hemd immer näher als der Rock. Was gehen uns die Unstimmigkeiten in diesen Ländern an, die müssen das schon selbst auf die Reihe kriegen, Hauptsache ich habe in meinem Alltag alles bequem, was ich brauche. Oder auch nicht brauche. Das Gesetz von Angebot und Nachfrage eben."

„Eigentlich traurig. Da fällt mir eine Weisheit ein, die ich einmal gelesen habe: ‚Der Mensch kauft Dinge, die er nicht braucht, mit Geld, das er nicht hat, um Menschen zu imponieren, die er nicht kennt'. Ganz habt ihr euch nicht im Griff!"

*

An der Weisheit ist schon was dran, man muss sich nur die Maslow'sche Bedürfnispyramide ansehen. Die Grundbedürfnisse sind in den meisten Ländern gedeckt, an der Spitze der Pyramide steht die Selbstverwirklichung und die scheinen viele nur zu erlangen, indem sie Bedürfnisse befriedigen, die sie gar nicht haben und die erst künstlich erzeugt werden müssen, damit der Mensch deren Befriedigung genießen kann und glücklich ist. Eigentlich völlig pervers. Würde der Mensch nur Dinge kaufen, die er braucht, also nicht ständig sinnlos Dinge, die er bereits hat, durch neue aber im Grunde gleiche ersetzen, hätten die Chinesen nicht viel zu tun. Und die Erdöl fördernden Länder hätten uns auch nicht so im Griff. Von meiner Lieblingsbilanz, jener des CO_2, ganz zu schweigen. Und das gute alte Handwerk wäre wieder leistbar, Qualität zu einem vernünftigen Preis. Bleibt nur zu hoffen, dass das Pendel bald wieder in die Gegenrichtung ausschlägt.

*

Die Pause war vorbei und so machten sich die beiden wieder auf den Weg, nicht ohne dass Jesus noch schnell weitere Zeitungen gekauft hatte, um sein Wissen über die unglaublichen Geschehnisse auf der Erde weiter auszubauen. Und so kam ihm diesmal eine ganz bunte Zeitschrift unter, eine mit dem klingenden Namen „Fashion & Style". Was auch immer das heißen sollte, die Zeitschrift gefiel Jesus, denn es waren so viele farbige

Bilder drinnen. Als er jedoch die ersten Zeilen las, revidierte er seine Meinung recht bald. Ein romantisches Abendessen in gediegenem Ambiente wurde da angepriesen, fein zubereitet von einem Vierhaubenkoch.

„Wozu braucht der vier Hauben bei nur einem Kopf", wunderte sich Jesus, der mit Feuerstellen groß geworden war. Als er dann den Preis las, verschluckte er beinahe seinen Kaugummi, denn von dem Geld kann sich eine vierköpfige Familie zwei Wochen lang ernähren. Und das nicht schlecht. Kopfschüttelnd blätterte er weiter, um sein Kopfschütteln gleich noch einmal zu verstärken, als er sich über die neuesten Modetrends informierte.

„Stell' dir mich einmal in diesen Klamotten vor!", lachte er. „Unglaublich ist nur der Preis, denn die werden ja in denselben Fabriken in China produziert, wie die billigen Fetzen, die wir letztens im Supermarkt gesehen haben. Wo ist da der Unterschied?"

„In der Marke", klärte Magdalena ihn auf. „Die teuren Dinger haben einen Markennamen, der möglichst sichtbar sein soll, damit die anderen sehen, dass sich der gestylte Hutständer die Klamotten leisten kann".

„Ich würde das eher verheimlichen, damit mich keiner auslacht, weil ich für Dinge soviel Geld ausgebe, die ich in gleicher Qualität anderswo billiger bekommen kann", verstand Jesus die Logik nicht ganz.

„Das ist Marketing. Wir sind wieder bei den Bedürfnissen, die künstlich geschaffen werden müssen, weil der Mensch grundsätzlich ja schon alles hat. Man definiert sich daher über etwas, das sich nicht jeder leisten kann und zeigt somit seine Zugehörigkeit zu einer vermeintlich elitären Gruppe."

„Also wie bei unseren Mönchen mit den schwarzen Kutten", versuchte Jesus zu verstehen.

„Vom Prinzip her ja, von der Ideologie eher weniger", antwortete Magdalena diplomatisch, „wenngleich euch ein besseres Marketing auch nicht schaden würde, damit mehr Menschen euren Zugang verstehen. Wie gesagt geht es um das zwanghafte Bedürfnis der Zugehörigkeit, des Akzeptiertwerdens. Was nichts kostet, ist nichts wert und wer sich's leisten kann, der ist was wert. Man muss dem neuesten Trend folgen und gängigen Images entsprechen. Der Bogen spannt sich von Mode über Reisen bis hin zu Wohnungseinrichtungen und Autos. Eigentlich gibt es kaum noch Bereiche, die nicht von künstlichen Bedürfnissen geprägt sind."

„Aber in erster Linie muss mir das, was ich haben will, ja gefallen und Freude machen", ließ Jesus von seiner Theorie nicht ab.

„Das mag im Grunde stimmen, doch heute haben sich Wertigkeiten verschoben. Man kauft nicht unbedingt mehr das, was man wirklich will, sondern man muss das mögen, was andere von einem erwarten, damit man dem entspricht, was man versucht zu sein", philosophierte Magdalena.

„Was war das für ein Erguss?" Jesus' fragender Blick war hinreißend. „Geht es dir noch gut, oder soll ich lieber fahren?"

„Im Ernst, die meisten Menschen sind nicht so frei, wie sie glauben. Konsumzwang nennt man das. Gab es wohl zu deiner Zeit nicht. Jedenfalls müssen alle diese Bedürfnisse befriedigt und danach neue geschaffen werden. Das erklärt die Überindustrialisierung und führt auch dazu, Menschen zu manipulieren."

„Damit Konzerne wachsen können, größer werden und mehr produzieren, müssen also neue Bedürfnisse geschaffen werden?", fragte Jesus etwas ungläubig.

„Genau, und das nennt man dann Trends setzen", antwortete Magdalena klug.
„Aha. Bei uns setzte man höchstens Pflanzen."
„Guter Vergleich", lachte Magdalena, „sehr groß ist der Unterschied gar nicht, denn auch Pflanzen blühen kurz auf und verwelken dann auf immer. Solche Trends sind meistens völlig nutzlos. Sie bringen nichts, deshalb wird dazu ein künstliches Bedürfnis geschaffen. Oder es wird künstlich eine Unzufriedenheit erzeugt und dann eine Lösung aus dem Hut gezaubert, die man für viel Geld kaufen kann."

Jesus verstand beinahe nichts mehr.

Schönheitsoperationen sind so ein Bereich. Über Werbung, Mode oder Kino wird das Idealbild eines Menschen geschaffen, das meist noch am Computer retouchiert wird und somit real eigentlich unerreichbar bleibt. Jedenfalls wollen dann Männer nur noch solche Frauen wie auf Papier oder Leinwand und Frauen nur noch so aussehen. Da Gott die Menschen unterschiedlich gemacht hat und Sünden wie Fast Food diese Unterschiede noch verstärken, liegt die Lösung im Messer des Schönheitschirurgen. Nase kleiner, Busen größer, Ohren näher ran, Wangen weiter nach hinten, Lippen etwas mehr, Bauch etwas weniger. Die Möglichkeiten sind, außer durch das Bankkonto, schier unbegrenzt, es gibt ganze Kataloge um sich sein Idealbild genau zurecht zu legen. Aussehen à la Reißbrett. Man verliert zwar an Persönlichkeit, gewinnt aber an Botox und Silikon, das zudem noch leichter veränderbar ist als erstere, schließlich können sich Trends ja ändern. Fragt sich nur, wer dümmer ist: Frauen, weil sie so etwas

machen oder Männer, weil sie solche Frauen wollen. Aber eine ganze Industrie lebt gut davon und ist ständig am Arbeiten, diese Trends gewinnträchtig anzupassen.
Bei den Männern ist dieser Wahn etwas eingeschränkter, was aber nicht daran liegt, dass Männer intelligenter sind, sondern daran, dass man bei Männern nicht soviel operieren kann. Zwar können Bäuche abgesaugt und Gesichter geglättet werden, doch männlich erotische Attribute wie der begehrte Waschbrettbauch müssen noch in harter Arbeit auftrainiert werden. Ein wirklich unangenehmer Trend, wobei sich dieses Manko bei vielen Frauen mit Geld ausgleichen lässt.

Ist der eigene Körper dann wie ein Plastilinmännchen nach vollster Zufriedenheit geformt, kann man sich dem nächsten Thema widmen, dem Hündchen. Wobei zuvor noch auf die Perversität hingewiesen werden muss, dass diese Zufriedenheit meist gar nie eintritt, was wahrscheinlich darauf zurückzuführen ist, dass die betroffenen Menschen grundsätzlich ein Problem mit ihrer Identität haben. Dann laufen sie nämlich ständig solchen Trends hinterher, in der Hoffnung, endlich die gewünschte Akzeptanz zu finden, die eigene und die der anderen. Aber kommen wir wieder auf den Hund. Ursprünglich aus pragmatischen Gründen gehalten, sei es als Wachhund, treuer Begleiter oder Spielgefährte, dient der Hund heute verbreitet als Accessoire. Auffallend ist auch, dass diese Hunde immer kleiner werden, damit sie weniger Umstände machen, denn sie brauchen dann weniger Bewegung, weniger Platz und vor allem machen sie kleinere Häufchen. Derer findet man aber dennoch genug, man braucht nur durch Paris zu spazieren. Accessoires haben bekanntlich die

Eigenschaft, dass sie veränderbar sind je nach Trend oder Saison und dieser Vorteil soll auch für das Hündchen gelten. Ergo entwickelte sich auch hier eine riesige Industrie, von Hundesalons über Kleidung und Schmuck bis hin zu Therapeuten – die sie letztendlich wahrscheinlich dringend brauchen. Diese Einrichtungen sind im Grunde völlig ohne Wert, haben aber dennoch einen hohen Preis. Pure Abzocke, unglaublich, wofür Menschen Geld ausgeben.

Und da schließt sich der Kreis: Gehälter sind heute so unverhältnismäßig, dass viele Menschen nicht wissen wohin damit, wodurch eine künstliche Industrie erzeugt werden muss um dieses Geld wieder abzuziehen. Denn was hätte ich von meinem vielen Geld, wenn es nichts gäbe, was ich damit kaufen kann. Vor allem aber bleibt die Frage oft unbeantwortet, welche erbrachte Arbeit diesen Unsummen gegenüber zu stellen ist. In Politiker- und Bänkerkreisen soll nach einer unnachvollziehbaren Überweisung von Provisionen in Millionenhöhe bei einem Telefongespräch zwischen den Beteiligten sogar schon einmal die verdutzte Frage „Wos woar eigentlich mei Leistung?" gefallen sein.

*

Nun verstand Jesus gar nichts mehr. Eine Zigarettenpause musste her, selbstverständlich dort, wo das Rauchen noch nicht verboten war.

„Die Wirklichkeit ist ja noch dämlicher als eure stupiden Hollywood- Filme", dachte Jesus während er mit jedem Zug versuchte, sein Gehirn wieder frei zu bekommen. Magdalena stand lächelnd neben ihm und schwieg. Als er sich einigermaßen erholt hatte, setzten sie ihre Reise fort und Jesus las weiter in seinen Zeitungen.

*

Weitere unglaubliche Berichte sprangen ihm ins Auge. Von einem ehemaligen Finanzminister, dem vorgeworfen wird, Steuern hinterzogen und Provisionen für unter der Hand vergebene Millionengeschäfte kassiert zu haben. Ja gibt es denn so was, dass ein Politiker, dessen Aufgabe es ist, den Staatshaushalt zu regeln, indem er ausreichend Einnahmen über Steuern lukriert, diese selbst nicht bezahlt? Das ist nur noch damit zu überbieten, dass es andere Politiker gewusst, jedoch nichts gesagt haben, um ihre (Kanzler)sessel nicht räumen zu müssen. Widerlich. Das sind dann die, die am meisten in die Kamera lächeln. Ein falsches Lächeln natürlich. Und obwohl immer offensichtlicher wird, wie viel Schindluder da getrieben wurde und um wie viel Steuergeld die Bürger betrogen wurden, bleiben diese Personen Jahre nach ihrer politischen (Un)tätigkeit immer noch öffentlich angesehen, manche selbst posthum. Es muss von wirklich guter Qualität sein, das Brett, das so viele Menschen vorm Kopf haben.

Wieder ein Artikel berichtet über den Umgang mit Umweltkatastrophen. Es war ein Abschlussbericht über die Ölpest im Golf von Mexiko, bei der im April 2010 eine Bohrinsel explodierte und daraufhin fünf Monate lang jeden Tag bis zu knapp einer Million Liter Öl ins Meer geflossen waren. Versucht man sich diese Menge vorzustellen, wird man wahrscheinlich scheitern. Und eigentlich war es menschliches Versagen und keine Umweltkatastrophe, denn die Umwelt konnte nichts dafür, dass der Mensch nach Öl gebohrt hat, ohne darüber nachzudenken, was passieren könnte, wenn auf der Bohrinsel etwas bricht. Noch dazu, wo die Mängel bekannt waren und man dennoch davon ausgegangen ist, dass halt nichts passiert. Fairerweise muss jedoch gesagt werden, dass jede Art von präventiven Reparaturen Geld gekostet hätte, das keiner ausgeben wollte um den Gewinn nicht unnötig zu schmälern. Auch verständlich. Jedenfalls hat es laut bums gemacht und das Ding flog in die Luft. Und als wäre es nicht schon schlimm genug gewesen, dass einige Menscheleben zu beklagen waren, standen die Experten ratlos neben dem sprudelndem Loch und hatten keine Idee, wie sie es stopfen sollten. Keine Lösung für den Fall des Falles, kein Plan B. Wenn sich jemand verletzt, kommt der Arzt, wenn es brennt, kommt die Feuerwehr, selbst wenn ein Auto eine Panne hat, kommt der Abschleppdienst. Aber wenn eine Bohrinsel umkippt? Eigentlich unglaublich. Die bösen Firmen, die nur Geld verdienen wollen. Aber wo bleibt der Staat, wo die Vorschriften? Für ein Auto brauch ich ja auch eine §57 Plakette, die sicherstellt, dass das Fahrzeug verkehrstauglich ist und Unfälle wegen technischen Gebrechens möglichst ausgeschlossen werden können. Selbst für Falschparker gibt es Strafzettel, aber wer reguliert die Ölförderung? Der

Markt, denn es geht vordergründig ums Geld und weniger um die Sicherheit. Auch dem Staat. Die Umweltschäden haben Kosten undefinierbaren Ausmaßes verursacht, sofern diese mit Geld überhaupt reparabel sein werden, der betroffene Ölmulti schrieb dennoch Gewinne und einige Monate später redete außerhalb des betroffenen Gebietes keiner mehr davon, denn nachdem das Loch endlich versiegelt werden konnte, wurde das Thema zunehmend medienunwirksam. Ganz abgesehen vom Einfluss der Öllobby auf die öffentliche Berichterstattung.

Letztendlich gipfelte der globale Wahnsinn in der Erdbebenkatastrophe im März 2011 in Japan. Dieses Drama beinhaltet sämtliche menschliche Fehlverhalten und zeigt deutlich auf, wo wir stehen. Eine Naturkatastrophe war der Auslöser, sagt man, also was können wir schon dafür. Höhere Gewalt eben. Irgendwann musste es ja passieren, schließlich ist das Gebiet seit jeher erdbebengefährdet, wie man aus Untersuchungen weiß, die die Entwicklungen über tausende von Jahren zurückverfolgen. Das ist übrigens ein Bruchteil dessen, wie lange es die Erde schon gibt, also weiß man im Grunde gar nichts. Und obwohl man zumindest ein bisschen weiß, verbaut man das gesamte Gebiet trotzdem. Erdbebensicher, so wie man die Titanic unsinkbar baute. Und schwups sind nicht nur unzählige Existenzen ausgelöscht, es zerbricht auch noch ein unzerstörbares Atomkraftwerk, radioaktive Strahlung tritt aus. Na wenigstens sind die 53 weiteren Atomkraftwerke in Japan nicht beschädigt. Obwohl, eines reicht auch, die Folgen sind unabsehbar, selbst wenn man nur von den wenigen Informationen ausgeht, die an die Öffentlichkeit kommen. Von der ganzen Wahrheit also ganz zu schweigen.

Aber was hätte man tun sollen? Ohne den billigen Strom aus den Atomkraftwerken wäre Japan nie so schnell zu einer derart großen Wirtschaftsmacht geworden und das wäre selbstredend ein Verlust für unsere Welt, denn weder Korea noch China wären diesem Beispiel gefolgt. So aber gibt es heute auch dort unzählige Kraftwerke, nicht nur Atom, auch die anderen, die noch die CO2 Bilanz erhöhen, um die viele Industrie mit Strom zu füttern, die all jene Produkte herstellt, die wir täglich brauchen, inklusive der Plastiksackerl, in die wir diese dann einpacken. Und all die Kinder und Arbeiter dort hätten 16 Stunden am Tag nichts zu tun, wenn sie nicht in der Industrie arbeiten könnten.

Ja, der Aufschrei in der Welt war groß im März 2011. Weg mit der Atomkraft, so wie man es schon 1986 gefordert hatte, nach dem Supergau in Tschernobyl. Einige Monate lang, dann wurde es wieder still, da es für die Medien nicht mehr gewinnbringend war, über Anti Atomkraft Demonstrationen zu berichten. Zu abgelutscht das Thema. Liest keiner mehr, schaut sich keiner mehr im Fernsehen an, bringt keine Stückzahlen und keine Einnahmen mehr. Außerdem wurde der Druck der Atomlobby immer größer, die Berichterstattung zu ändern, andernfalls würde die Industrie ihre Werbeplanung bezüglich Einschaltungen in Print und TV überdenken müssen. Und so wurden seit Tschernobyl ohne großes Medieninteresse unzählige weitere Atomkraftwerke ins Stromnetz gespeist. Aber die sind eh weit genug weg. Wir Österreicher haben diesbezüglich ja ein reines Gewissen, denn wir hatten damals gegen unser Atomkraftwerk gestimmt, nachdem es bereits fertig gebaut war. Wir importieren den Atomstrom lieber aus dem Ausland und partizipieren an eventuellen Katastrophen in den baufälligen Atomreaktoren im benachbarten Grenzgebiet.

Aber kommen wir zurück zu jenem März 2011. Medien aller Art waren prall gefüllt mit umsatzwirksamen Berichterstattungen und Bildern, echte und selbsternannte Experten waren nicht mehr zu bremsen im Mitteilungsbedürfnis ihrer geistigen Ergüsse, alle haben es immer schon gewusst und Schuld waren immer die anderen. Doch die Schuld an der Misere trägt jeder einzelne selbst. Die können wir uns zu annähernd gleichen Teilen aufteilen. Auch jene, die heute und vielleicht auch schon damals lautstark auf der Straße dagegen demonstrieren, während zu Hause sämtliche Elektrogeräte auf Standby geschaltet sind und die Waschmaschine läuft, die dann noch stundenlang eingeschaltet bleibt, bis der Demonstrant heimkommt, um die Wäsche in den Trockner zu stopfen. Es wird gegen denselben Strom demonstriert, der in der Zwischenzeit zu Hause schleichend verbraucht wird. Wir alle sind es, die jährlich das neueste Mobiltelefon brauchen, alle drei Jahre einen neuen, leistungsstärkeren Computer oder einen noch flacheren Fernseher mit noch mehr Plasma und Herz. Wir kaufen uns jede Saison neue Fetzen, um modisch mit dem Trend zu gehen und entsorgen das Gewand des Vorjahres in der Altkleidersammlung, damit andere es tragen können, denn zum Wegwerfen ist es eigentlich zu schade und nur die wenigsten interessiert es, auf welch umweltbelastende und gesundheitsschädliche Weise diese Stoffe wiederverwertet werden. Wir brauchen auch regelmäßig neue Digitalkameras, die sich kaum von unserem jetzigen Modell unterscheiden, außer in der moderneren Farbe des Covers oder der noch höheren Anzahl an Pixel. Statt neun habe ich dann elf Megapixel, auch wenn ich das gar nicht merke, es sei denn ich mache aus meinen Fotos eine Tapete und kleide damit Turnsäle aus. Selbst die Falten der Schwiegermutter kommen bei elf Megapixel nicht deutlicher zur Geltung als bei neun. Es geht eigentlich nur darum, dass man es haben muss. Glaubt man. Also muss es auch jemand herstellen und das möglichst billig, denn man will ja nicht zu viel dafür bezahlen. Ergo billiger Strom aus Atomreaktoren. Billig auf den ersten Blick, denn wenn man die Gesamtkostenrechnung erstellt, also inklusive aller Risikokosten, wie jener, die durch einen solchen Unfall entstehen, sieht die Sache schon anders aus.

Der Mensch scheint selbst nicht in der Lage, sein Leben ohne Ausbeutung von anderem, sei es Mensch oder Natur, zu gestalten. Das muss der Markt tun, denn ist etwas zu teuer, wird es nicht gekauft. Oder falsch, dann kaufen es halt nur Priviligierte. Es müsste vom Markt verschwinden, weil es nicht wichtig ist. Keiner will Atomstrom, aber wer wäre bereit, für alternativen Strom mehr zu bezahlen? Wenige, oder vielleicht auch nur die, denen es egal sein kann, weil sie genug verdienen. Und wer wäre bereit, seine Lebensweise so zu verändern, dass generell weniger Strom verbraucht wird? Wahrscheinlich weniger jene, die mehr verdienen, weil die können es sich ja leisten. So gesehen tut sich auch der Markt schwer bei der Regulierung. Was bleibt, ist der Menschenverstand, den jeder hat und kaum wer verwendet. Sonst hätten es viele Trends und Modeerscheinungen sehr schwer auf dieser Welt, wir würden aber auch viele der Probleme gar nicht kennen, für die wir heute verkrampft Lösungen suchen.

Doch egal, die EU löst die Probleme auf ihre Art und Weise. Da nach der nuklearen Katastrophe in Japan damit zu rechnen war, dass Lebensmittelimporte aus ebendort höhere Verstrahlung aufweisen würden, musste eine Lösung her, wie der Konsument doch noch zu seinem Sushi und seinem Thunfisch mit Reis kommt. Und diese fiel beinahe schon pragmatisch aus, denn man erhöhte einfach die zulässigen Grenzwerte für verstrahlte Lebensmittel und konnte so weiterhin legal importieren, wonach den Mägen lüstet. Problem gelöst, im Übrigen durch Grenzwerte, die höher sind als in Japan selbst, was die also nicht mehr essen dürfen, bringen sie einfach nach Europa... Irgendwie schon bedenklich, welchen Wahnsinnigen wir da ausgeliefert sind, aber diese Vorgangsweise ist nicht neu, denn auch giftige Inhaltsstoffe, die in diversen Lebensmittel verboten wurden, hat man einfach umbenannt und sie somit wieder legalisiert. Warum verbietet man sie dann? Nun, das ist medienwirksam und dass diese dann umbenannt werden, erwähnt ja keiner.

Dieses System funktioniert auch bei den Haushaltsbudgets der einzelnen Mitgliedsstaaten, wo es gilt, ein gewisses Defizit nicht zu überschreiten. Anstatt Sparmaßnahmen umzusetzen, die halt leider zu parteipolitischen Nachteilen bei den nächsten Wahlen führen könnten, gliedert man defizitäre Bereiche einfach aus und verschönert so am Papier die Bilanz. In

Österreich wurden kurzerhand die Bundesbahnen und die Autobahngesellschaft ausgegliedert und somit gilt Österreich als reiches Land, wobei reich relativ zu sehen ist, denn es hat sich bloß der Schuldenberg reduziert. Das ganze System ist demnach ein Gerüst aus falschen Zahlen, Lügen, Täuschungen und Eigeninteressen. Bleibt die Frage, wie lange es hält und was passiert, wenn es in sich zusammenfällt.

*

„Also ehrlich gesagt habe ich jetzt genug von diesem Unsinn, Magdalena", resignierte Jesus. „Außerdem habe ich Hunger und freue mich schon auf den Fisch, den wir heute grillen wollen."
„Du hast recht, Jesus, lassen wir es gut sein für heute. Egal, was du noch so liest, es läuft ohnehin alles nach demselben Schema ab. Meinst du, dass du das ändern kannst?", fragte Magdalena vorsichtig.
„Ich weiß es nicht. Ich weiß es wirklich nicht. Wasser zu Wein machen war jedenfalls leichter. Auch Blinde sehend machen. Wobei, das würde wahrscheinlich schon helfen. Wenn die Welt nicht so blind wäre, könnte sicher vieles besser laufen. Irgendwie muss es gelingen, der globalen Verblödung Einhalt zu gebieten. Bleibt noch die Hoffnung des Pendels, das endlich in die Gegenrichtung ausschlägt."

Und so gingen die beiden einkaufen, zwei herrliche Doraden, Kräuter, Oliven, frisches Gemüse, dazu Baguette und eine gute Flasche Rosé. Danach fuhren sie an den Strand und suchten einen schönen Platz zum Grillen. In Südfrankreich gibt es noch viele solcher Plätze und sie waren dort nicht alleine. Beim Essen hatten sie viel Spaß miteinander und lachten über alles mögliche. Mit keinem Wort erwähnten sie all die Dummheiten, die an diesem Tag Thema waren. Es war eine romantische, ausgelassne Stimmung bei Mondschein und unter einem wunderbaren Sternenhimmel, wie Jesus ihn von zu Hause kannte. Das Rauschen des Meeres und die salzige Brise trugen das Ihre dazu bei. Schließlich holte Jesus seine Gitarre aus dem Wohnbus und begann Lieder von Cat Stevens zu singen, Moonshadow, Father and Son, Wild World, Where do the Children play...

* * *

Intermezzo:

Die Sorgen eines Himmelvaters

„Jetzt ist der Bub schon drei Tage unten auf der Erde und hat sich noch immer nicht gemeldet", wandte sich Gott besorgt an seinen treuen und langjährigen Portier Petrus.

„Aber er spricht doch jeden Abend im Gebet zu dir", erwiderte Petrus verwundert.

„Ja schon, aber da sagt er immer denselben Text auf. Ich will Neuigkeiten wissen, wie es ihm so geht und was er treibt. Ich bin schließlich neugierig!"

„Jesus ist für sein Alter ein sehr vernünftiger junger Mann, der genau weiß, was er tut. Ich denke nicht, dass du dir Sorgen machen brauchst, Herr", versuchte Petrus Gott zu beruhigen.

„Ich weiß, Petrus, und ich bin auch mächtig stolz auf meinen Bub. Aber als Vater ist man halt immer ein wenig in Sorge. Du verstehst das nicht, du hast ja keine Kinder."

„Ich habe immer nur dir gedient, Herr", erwiderte Petrus erhobenen Hauptes.

„Ach ja, du bist auch so einer, der glaubt, das eine schließe das andere aus. Ich weiß das natürlich zu schätzen, aber ich bin eben beunruhigt."

Petrus reichte Gott ein Glas Rotwein zur Beruhigung, das dieser dankend annahm um gleich einen kräftigen Schluck daraus zu trinken.

„Schmeckt ja doch besser als Wasser", dachte er heimlich.
„Glaube mir, Herr, viel kann ihm unten auf der Erde nicht passieren. Erstens hat er das Schlimmste damals schon hinter sich gebracht und zweitens sind die Menschen im Grunde ihres Wesens friedlich und gut." Aus Petrus' Stimme klang tiefste Überzeugung eines absoluten Kenners, was Gott eine wenig stutzig machte. Immerhin wurden in letzter Zeit immer häufiger Gerüchte laut, Petrus wäre auf der Erde gesehen worden, um irgendwelche Kapseln zu besorgen, aber Gott konnte damit nichts anfangen.
„Wahrscheinlich hast du Recht. Du könntest ja einen Blitz neben seinem Wohnbus einschlagen lassen, vielleicht sieht er das als Zeichen, sich zu melden", schlug Gott vor.
„Das halte ich für überflüssig. Lass' ihn einfach seine Arbeit tun und versuche dich nicht schon wieder einzumischen. Komm, ich gebe dir einen Espresso aus und dann spielen wir eine Partie Karten", war schließlich Petrus' Vorschlag.
„Was der in letzter Zeit immer mit seinem Espresso hat", dachte Gott verwundert und begann, die Karten zu mischen.

* * *

Tag 4 – Die Kirche im Dorf lassen

„Na servas!", staunte Jesus nicht schlecht als er in Paris vor der Cathédrale Nôtre Dame stand und sich beinahe den Hals verrenken musste, um das monströse Bauwerk in seiner vollen Höhe bewundern zu können.

Nach dem eher trockenen Tag voll Politik und Unternehmens(un)kultur wollte Jesus heute wieder etwas zu innerer Ruhe kommen und beschloss, nach Paris zu reisen, um jene Cathédrale zu besuchen, die seiner Mutter geweiht war. Von Ruhe konnte jedoch keine Rede sein, denn der Stau vor den Eingangstoren war gut 150 Meter lang, schön in Schlangenlinie, damit die letzten Wartenden nicht auf der Straße stehen mussten. Blitzlichtgewitter, klingelnde Mobiltelefone und mehrsprachiges Geschnattere unzähliger Touristen untermalten die öde Warterei.

„Ist schon ein sehr großes Gebäude, fast ein wenig zu groß", meinte Jesus etwas skeptisch. „Da verliert man sich ja fast. Und die ganzen Ornamente und der Schnickschnack! Das muss ja ein Vermögen gekostet haben. Die Hälfte hätte wohl auch gereicht, meinst du nicht?"

„Viele Kirchen sind so pompös, manche sind sogar noch größer. Oder schau dir die Paläste in Avignon oder Rom an, die sich Päpste in eurem Namen bauen ließen. Wunderschöne, kunstvolle Bauwerke, nur halt etwas zweckentfremdet."

„Aber es beschämt mich, dass die Menschen so viel Mühe auf sich genommen haben, um meiner Mutter oder sonst wem von unserer Familie ein solches Bauwerk zu schaffen."

„Ich will dich ja nicht desillusionieren, Jesus, aber die meisten Päpste und Bischöfe haben die Kirchen nicht für euch sondern für sich gebaut. Und nicht alle Menschen haben das freiwillig gemacht."
„Wie meinst du das, Magdalena?"
„Nun, die einen haben viel Geld dafür ausgegeben, um sich damit von ihren Sünden freizukaufen und die anderen wurden unter dem Druck zur Arbeit gezwungen, sie kämen andernfalls in die Hölle."
„Wohin?"
„In die Hölle. Das ist quasi das Gegenteil vom Himmel."
„Was ist das für ein Schwachsinn! Der Himmel hat kein Gegenteil. Und wie kann man sich von Sünden freikaufen? Gibt es da Preislisten?", wunderte sich Jesus verärgert.
„Nun, die Sache ist die", versuchte Magdalena zu erklären, „deine Mannschaft hier unten hat im Laufe der Zeit einige Machtkämpfe ausgetragen. Und die mussten finanziert werden. Da war es natürlich praktisch, mit etwas Druck auszuüben, das nicht greifbar und nachweisbar war."
Auch damit konnte Jesus nicht viel anfangen und so fuhr Magdalena fort.
„Also die Sache war so: Wenn die Menschen schön brav ihr Geld hergegeben oder ohne Entlohnung geschuftet haben, um einem Bischof eine Kirche oder einen Palast zu bauen, der größer war, als jener eines anderen Bischofs, dann wurde denen, die den größeren Palast bauten eher ein Platz im Himmel versprochen als den übrigen."
Jesus verstand immer noch nicht, denn der Platz im Himmel ist völlig ausreichend und vor allem unabhängig von der Größe irgendwelcher Kirchen oder Päläste.

„Wer hat die Plätze im Himmel vergeben?", fragte er stutzig.
„Die Päpste und Bischöfe, natürlich alles im Namen Gottes. Die Menschen mussten halt Opfer bringen, um in den Himmel zu kommen und welche Opfer das waren, bestimmten sie. Quasi stellvertretend für euch", erklärte Magdalena weiter.
„Sag', was habt ihr da auf der Erde eigentlich mit all dem Opfer-Quatsch? Wer sagt, dass man immer ein Opfer bringen muss, um etwas zu bekommen oder eine ersehnte Veränderung herbeizuführen?" Jesus war schon leicht verärgert.
„Da gibt es doch das Opferlamm, oder?"
„Bei aller Wertschätzung, aber glaubst du wirklich, dass Schafe die Welt verändern können? Man muss nicht zwangsweise geben um zu bekommen. Oft genug im Leben bekommst du auch ohne unmittelbar dafür zu geben. Und ein anderes Mal ist es dann umgekehrt. Im Schnitt ist es dann meistens ein Nullsummenspiel. Außerdem kann ich mich erinnern, dass Opferlämmer gegessen wurden, also war das wohl eher ein Ritual für gutes Essen. Es ist ja wohl angebracht, das Tier, das man verzehrt, anständig zu würdigen."
„Das ist natürlich einmal ein pragmatischer, aber nicht minder wertschätzender Zugang. Und wie ist das mit der Bibelstelle, wo du gesagt hast, man möge auch die rechte Backe hinhalten, wenn einer dir auf die linke schlägt? Das ist doch auch eine Aufforderung zur Unterwerfung", fragte Magdalena.
„Was hat das mit Unterwerfung zu tun? Stellt mich nicht immer als selbstlosen Lou Lou dar! Wenn dir einer blöd kommt, steh über den Dingen und kontere nicht mit demselben Unsinn. Nicht mehr und nicht weniger soll

das bedeuten. Irgendwer hat das wohl etwas theatralisch formuliert, es war halt eine andere Zeit damals."
„Aber darauf sind viele Kirchen heute aufgebaut. Kuschen und tun, was andere dir sagen."
„Das ist doch völliger Unsinn! Niemand schreibt dir vor, wie du zu leben hast. Natürlich gibt es ein paar Grundregeln, an die man sich halten sollte, aber die entspringen keinen Gesetzen sondern logischem Denken, weshalb wir sie auch Gebote nannten. Wenn du diese jemandem vorliest, der noch nie von meinem Vater oder von mir gehört hat, wird er wahrscheinlich fragend den Kopf schütteln und sagen: „Na eh klar, anders wird es nicht gehen." Keine Rede von Druck oder gar Unterdrückung. Höchstens eine kleine Orientierungshilfe."
„Viele Kirchen sehen das allerdings anders."
„Aber Magdalena, ich bitte dich! Glaube sollte doch auf freiem Willen fußen und nicht auf Drohungen und Angst aufgebaut sein. Natürlich gibt es so etwas wie ein schlechtes Gewissen, doch das muss man bestenfalls sich selbst gegenüber haben, dann findet man schon wieder zurück auf den rechten Weg. Noch nie was vom Selbstregulativ gehört?"
„Aber wenn sich ohnehin alles selbst reguliert, wozu braucht man dann noch eine Kirche oder eine Religion?"
„Symbole, Magdalena, oder sonst etwas Greifbares. Mir ist schon klar, dass die Existenz meines Vaters schwer vorstellbar ist. Wie soll das gehen? Dazu reicht der menschliche Horizont nicht aus, und das ist wohl auch gut so. Daher brauchen die Menschen etwas, um das Unvorstellbare zu vergegenständlichen. Für die einen sind es Symbole, für andere Geschichten oder auch Menschen, wie beispielsweise unsere Priester. Außerdem

braucht es einer gewissen Symbolik, um die Zusammengehörigkeit zu demonstrieren. Dies sollte jedoch nur der Orientierung dienen und nicht Unterdrückung oder gar der Bekämpfung Andersdenkender. Meinem Vater ist es vollkommen egal, auf welche Art und in welcher Sprache jemand zu ihm spricht oder in welchen Gebäuden die Menschen zusammen kommen, um mit uns zu feiern. Viele verwenden unterschiedliche Symbole, für uns macht das keinen Unterschied."
„Klingt ziemlich einfach", meinte Magdalena mit leicht sarkastischem Unterton.
„Ist es auch. Die meisten Dinge sind einfach, sie werden nur unnötig verkompliziert".

*

Wenn man sich das so anhört, kommen einem wirklich die unterschiedlichsten Gedanken. Es kann doch nicht alles so einfach sein! Schaut man sich die Geschichte an, wohl kaum.
Obwohl es sich viele Menschen dann doch wieder zu einfach machen, denn wie oft hört man Sätze wie „Ich bin ein gläubiger Mensch, aber ich brauche keine Kirche" oder „um religiös zu sein, muss man nicht unbedingt Kirchensteuer bezahlen". Sätze, die im Grunde natürlich schon stimmen können, aber in Wahrheit ja doch meistens als Ausrede benutzt werden. Aus der Kirche trete ich zwar aus, aber zur Christmette gehe ich dann doch, weil das gehört zu Weihnachten dann schon zum Ritual. Und das Osterfleisch lass ich

auch weihen, denn dann schmeckt es spiritueller. Wie alles im Leben ist auch Religion ein ständiges Geben und Nehmen. Selbstlose Unterwerfung ist genauso bedenklich wie völlige Ignoranz.

Andererseits hat sich die Kirche schon einiges zu Schulden kommen lassen und ist wohl nicht ganz unbeteiligt an der immer stärker verbreiteten Ablehnung. Sich nur auf das Neumoderne, die Medien, die sexuelle Offenheit oder sonstige Veränderungen der letzten Jahrzehnte auszureden, wäre wohl zu billig. Natürlich war es einfacher, Menschen mit Drohungen in Schach zu halten und sie zu etwas zu zwingen. Die größere Herausforderung ist schon, Menschen von einer Ideologie zu überzeugen und dazu zu bringen, freiwillig und gerne einen Weg gemeinsam zu gehen, auch wenn er nicht immer nur durch Blumenwiesen führt. Aber dazu muss man zu allererst einmal vor der eigenen Türe kehren, was die Kirche bedauerlicherweise nicht beherrscht. Sturheit, Unnachgiebigkeit, Korruption, Verlogenheit, Missbrauch. Ein trauriges Kapitel, das wir vor unserem deutschen Touristen alias Jesus verheimlichen wollen, denn er würde vor Scham in die Knie gehen.

*

„Es ist sehr rücksichtsvoll von euch, gewisse Themen vor mir verheimlichen zu wollen", meldete sich Jesus plötzlich zu Wort, „aber das gelingt nicht, denn so etwas kann mir gar nicht verborgen bleiben. Und glaubt mir, ich gehe in die Knie vor all jenen, die davon betroffen waren. Mit Sorge und Abscheu habe ich diese Entwicklung beobachtet und kann dazu nur sagen, dass ich es widerwärtig finde, Wasser zu predigen und Wein zu saufen. Meinem Vater sei Dank betrifft diese Entwicklung aber nicht alle Mitglieder unserer Gemeinschaft sondern nur einen kleinen Teil, wenngleich ich zugeben muss, dass es sich dabei um den einflussreicheren Teil handelt. Das ist wie in der Politik, auch die wird von Menschen gemacht. Politische Führer sind nur Menschen, Päpste und Bischöfe eben auch. Und es sind wieder Menschen, die ihnen blind folgen und es damit zu einer Bewegung werden lassen. Schließlich wird es extrem. Gegenbewegungen formieren sich, die ebenfalls extrem werden. Der vernünftige Mittelweg wird verschüttet im Egoismus und den Eigeninteressen der gegensätzlichen Extreme. Bis es kracht. Der Mensch ist nicht lernfähig, irgendetwas haben wir in der Evolution vergessen, sodass diese kindliche Eigenschaft ein Leben lang erhalten bleibt. Ein Kind glaubt auch nicht, dass Feuer heiß ist, bis es sich daran verbrennt. Aber ich bin optimistisch, dass dieser Krach nicht all zu heftig ausfallen muss und sich der vernünftige Mittelweg letztendlich durchsetzen wird. Ehrlich währt eben doch am längsten."

*

„Im Namen Gottes, amen" lautet also das Zauberwort, denn es ist denkbar einfach, in jemandes Namen zu agieren, den niemand so richtig zur Verantwortung ziehen kann. Und selbst wenn man es täte, würde man gleich der Blasphemie bezichtigt. So ergeben sich natürlich für die handelnden Personen wesentlich effektivere Möglichkeiten zur Erreichung der meist persönlichen Ziele, was die Kirchengeschichte eindrucksvoll beweist. Waren es früher noch mörderische Kreuzzüge zur eigenen Bereicherung, sind es heute andere Verhaltensweisen, da Mord selbst im Namen Gottes inzwischen – demselben sei Dank – strafrechtlich geahndet wird. Wenngleich auch diese Verhaltensweisen genauso verwerflich sind. Menschen durch Androhung von Konsequenzen einer höheren Gewalt gefügig zu machen, monetär oder körperlich, ist schlicht und ergreifend widerwärtig. Gott als undefinierbare Instanz wurde immer schon missbräuchlich verwendet, ob als drohender Zeigefinger oder als der, der alles sieht. Kinder fürchteten sich beim Streiche spielen, Jugendliche masturbierten schamerfüllt unter der Decke, Erwachsene belügen sich selbst. Das ist wohl kaum die angestrebte Freiheit.

Fairerweise muss man jedoch zugeben, dass die christliche Kirche heute, sieht man von den abstoßenden sexuellen Übergriffen ab, eher sich selbst Schaden anrichtet als anderen. Die Starrköpfigkeit, mit der unsere Kirchenväter agieren, macht sie höchstens lächerlich und führt dazu, dass immer mehr Schäfchen davonlaufen. Päpstliche und Bischöfliche Stellungnahmen zu aktuellen kirchlichen Themen wirken ob ihres penetranten Negierens schon beinahe peinlich. Und wer nicht hören will, muss bekanntlich fühlen, denn alleine die sinkenden Kirchenbeiträge und der steigende Priestermangel werden schon empfindlich weh tun. Mit Androhung von

Fegefeuer läuft heute nichts mehr, und so sind viele kirchlichen Gebäude dem Verfall geweiht oder werden an andere Religionsgemeinschaften vermietet, was mir schon wieder reizvoll erscheint. Kompromissbereitschaft und Einsicht wären die erfolgreicheren Varianten, doch solange mit Propagandamessen Peters- und andere Plätze gefüllt werden können, funktioniert die Selbstlüge noch. Außerdem ist es bei der Kirche wie in der Politik: Wer gegen den Strom schwimmen will, wird ertränkt. So lange, bis einer Kiemen entwickelt, resistent wird und etwas verändert.

Heute sind es wohl andere Religionen, die Angst und Schrecken verbreiten, vor allem jene, die einige hundert Jahre jünger sind und scheinbar mit ebenso alten Methoden arbeiten. Selbstmordattentate im Namen Gottes. Ein Widerspruch in sich. Vor allem dann, wenn sich die Gewalt gegen eine andere Religionsgemeinschaft richtet, die während des Attentates womöglich gerade damit beschäftigt ist zu beten. Weil die einen zu ihrem Gott beten werden sie von einem anderen im Namen dessen Gottes ermordet. In welcher Schrift steht das bitte? Auf was berufen sich diese Leute? Es ist nicht Gott, nicht einmal eine Religion, es ist nur der Mensch, der manipuliert und zu seinem Vorteil interpretiert. Vor allem gibt es ja nur einen Gott.

*

„Verzeih' mir die Anmerkung, Jesus", sagte Magdalena vorsichtig, „aber mir scheint, dass die Entwicklung des

Glaubens im Laufe der Zeit ein wenig aus der Bahn geraten ist."

„Nicht jene des Glaubens, Magdalena, sondern die der Kirche", legte Jesus auf die Unterscheidung wert. „Der Glaube ist das, was sich jeder mit sich selbst ausmacht. Oder im Gebet mit einem von uns. Die Kirche ist eine Bewegung, die von Menschen gestaltet wurde, weshalb sie natürlich fehleranfällig wurde und manipulierbar. Die Kirche ist aber nicht unbedingt Gott und sie muss auch nicht Wir sein. Im Grunde ist sie eine Orientierungshilfe und kein Steuerungsinstrument. Leider haben sich in eurer Gesellschaft immer mehr Vorschriften manifestiert, die zu sehr die Eigenverantwortung der Menschen untergraben haben. Man tut nicht mehr das, was das innere Gefühl für richtig hält, sondern eher das, was andere vorschlagen oder gar vorschreiben. Anstatt sich auf seine Intuition zu verlassen, gibt man die Verantwortung für sein Handeln ab. Und in letzter Instanz ist dann alles Schicksal, vorherbestimmt oder einfach unsere Schuld."

„Das Leben auf der Erde ist also nicht vorherbestimmt?", fragte Magdalena.

„Wie stellst du dir das vor? Hier leben sechs Milliarden Menschen, wir könnten diese Menge an Vorherbestimmungen gar nicht verwalten."

„Und die ganzen Katastrophen?", fragte Magdalena weiter.

„Wenn du Naturkatastrophen meinst, diese unterliegen, wie der Name schon sagt, den oft erbarmungslosen Gesetzen des natürlichen Selbstregulativs. Und bei vielen anderen Katastrophen wirst du bei genauerem Hinsehen feststellen können, dass sie hausgemacht sind. Menschliches Versagen. Wer in die Natur eingreift, darf sich nicht wundern, wenn sie sich wehrt. Ihr verurteilt auch jene, die gegen eure Gesetze verstoßen."

„Und warum ist der Wohlstand unterschiedlich verteilt? Ist das nicht Vorherbestimmung?", war die nächste Frage.

„In jedem Land, das ihr als arm bezeichnet, gibt es immer eine Gruppe sehr, sehr Reicher, die alles unternehmen, damit dieser Zustand auch so bleibt und je ausgeprägter diese Unterschiede sind, desto geringer ist die Wahrscheinlichkeit auf einen Ausgleich. Aber es sind wieder Menschen, die diesen Zustand zu verantworten haben, nicht eine höhere Macht, wie ihr das immer bezeichnet. Die Ungleichverteilung auf der Erde ist ebenfalls hausgemacht, die könnt ihr nicht uns in die Schuhe schieben."

„Und warum lässt du das zu?", war die logische Frage.

„Wieso zulassen? Mein Vater hat euch alle mit Eigenschaften ausgestattet, die euch ein nahezu reibungsloses Leben auf der Erde ermöglichen. Wenn ihr diese nicht nutzt, ist das ganz alleine euer Problem."

„Jetzt machst du es dir aber ziemlich einfach", sagte Magdalena etwas aufgeregt.

„Warum ich? Ihr macht es euch einfach, wenn ihr die Verantwortung für alles Negative oder Schwierige auf uns schieben wollt."

„Und wozu brauchen wir euch dann?"

„Mit dieser Frage habe ich natürlich gerechnet. Wir helfen euch, wenn ihr Hilfe braucht, doch leider nehmt ihr diese nicht oft genug in Anspruch."

„Also ich weiß nicht, Jesus, ganz gefällt mir deine Theorie nicht. Ich dachte, das ganze sei ein Miteinander. Immer zwei Spuren im Sand, eure und unsere. Und wenn man nur eine Spur sieht, ist es eure, weil ihr uns in schweren Zeiten trägt."

„Das ist auch eine meiner Lieblingsstellen im Neuen Testament, Magdalena. Aber die drückt ja genau aus, dass ihr euer Leben selbst in die Hand nehmen sollt und euch trotzdem darauf verlassen könnt, dass einer von uns da ist, wenn ihr es alleine nicht mehr schaffen solltet", versuchte Jesus Magdalenas Zweifel zu beseitigen.

Magdalena dachte nach, doch ganz klar war ihr die Sache noch nicht.

*

Bei genauerer Betrachtung hat die Theorie unseres Touristen auch durchaus motivierende Aspekte, denn wenn wir Menschen für unser Leben selbst verantwortlich sind, dann sind es wohl auch wir selbst, die es verändern oder verbessern können. Und das ist mir eigentlich lieber, als ich warte auf irgendeine Veränderung, die von einer unbekannten höheren Macht eintreten soll, denn wenn ich Pech habe, warte ich darauf ein Leben lang. Das gilt gleichermaßen für alle Bereiche der Reiseroute dieser Woche, das Thema Ausländer, die Gleichberechtigung der Frau, Konzerne, Politik und natürlich auch für Religion und Kirche. Wobei sich diese Einflussnahme als durchaus schwierig erweist, denn in der Politik habe ich zumindest theoretische Möglichkeiten zur Veränderung, indem ich von meinem Wahlrecht Gebrauch mache, die Macht von Konzernen kann ich durch mein Kaufverhalten beeinflussen,

Gleichberechtigung kann ich leben und meine Einstellung zu Fremden kann ich ebenfalls überdenken und anpassen. Aber wie viel Einfluss kann ich tatsächlich auf die Kirche ausüben? Hier scheint der Einzelne irgendwie hilflos, denn die Geschicke werden von Gremien vorgegeben, die das Volk weder wählen noch stürzen kann. Eine Gemeinde kann sich nicht einmal seinen Dorfpfarrer aussuchen, geschweige denn den Bischof oder gar den Papst. Das ist reine Diktatur, vollkommene Fremdbestimmung, totale Unterwerfung und Gehorsam! Wer nimmt sich die Ungeheuerlichkeit heraus, zu behaupten, dieser Zustand sei von Gott gewollt? Wie kann dieselbe Kirche, die von der Liebe Gottes predigt, diese Liebe von solchen Bedingungen abhängig machen? Ich dachte, Liebe sei bedingungslos. Seinem Kind sagt man ja (normalerweise) auch nicht, man hätte es nur lieb, wenn es aufisst oder sein Zimmer zusammenräumt. Eigentlich ein Wahnsinn, die Kirche für das Volk kann in keiner Weise von demselben mitgestaltet werden, sieht man jetzt einmal von Jungscharlagern und Weihnachtsbasteleien ab.

Das wäre doch eine durchaus interessante Vorstellung, wenn das kirchenbesteuerte Volk seine Kirchenvertreter selbst wählen könnte, und damit meine ich jetzt nicht nur den Pfarrgemeinderat. Zwei Bischöfe stellen sich der Wahl, ein erzkonservativer und ein liberaler, der der Interpretation der Heiligen Schrift einen weiteren Spielraum lässt, ohne dieser zu widersprechen. Einer, der offene Diskussionen zulässt und somit die Basis für Veränderungen schafft. Oft muss man die Geduld aufbringen, in kleinen Schritten vorwärts zu kommen, immerhin ministrieren heute schon Mädchen, morgen gibt es vielleicht schon weibliche Priesterinnen in der katholischen Kirche und wer weiß, übermorgen fällt gar der Zölibat. Ich denke, dass solche Bischöfe bald in der Mehrheit wären und dann ein Kirchenoberhaupt wählten, dass eine menschennahe, ja menschenwürdige Einstellung an den Tag legte. Kirche könnte wieder gelebt werden, sie könnte den Menschen Stütze sein und ihnen helfen, wieder klar zu sehen und zu denken. Prioritäten würden sich verschieben, Einstellungen ändern, neue alte Lebensmuster könnten sich formen. Das gefiele dann einigen Lobbyisten nicht so gut, weshalb diese Vorstellung wohl eher hypothetisch bleibt. Dennoch will sich mein naiver Geist nicht damit abfinden, dass einige wenige die Kirche für sich gestaltet haben statt für die Menschen.

*

Nach langem, geduldigem Warten in der Schlange konnte Jesus die Cathédrale Notre Dame endlich betreten. Er war überwältigt von der Pracht, beinahe erdrückt. Selbst für ihn war es ein bewegender Moment, in dem er deutlich spürte, wie sehr er seine Mutter liebte, der dieses architektonische Meisterwerk geweiht war. Nur einen kurzen Moment konnte er ob des Massentourismus finden, um sich niederzuknien und zu beten. Er entzündete schnell eine Kerze und verließ schließlich mit Gänsehaut das Kirchengebäude. Schweigend spazierten die beiden eine Weile die Seine entlang und setzen sich alsbald in der Nähe einiger Hausboote auf eine Bank.

„Eine tolle Stadt", schwärmte Jesus als er zurück hinauf zur Ile de la Cité blickte.

„Die Stadt der Liebe", warf Magdalena ein, legte ihren Kopf auf Jesus' Schulter und drückte zärtlich seine Hand. „Wir müssen unbedingt auch noch Sacré Coeur besuchen, immerhin ist damit dein Herz gemeint" schlug sie vor.

„Mein Herz?", fragte Jesus.

„Ja! Man sagt es sei unendlich groß."

Jesus war beschämt. Auf dem Weg dorthin durchquerten sie das Künstlerviertel und kamen natürlich nicht daran vorbei in einem der zahllosen Cafés eine Pause einzulegen. Nachdem sie sich mit einem Omelette und einem kühlen Kronenbourg gestärkt hatten, ließen sie das intellektuelle und künstlerische Flair dieses Viertels standesgemäß bei einem Espresso und einer Gauloise auf sich einwirken.

„Die Stimmung und die Atmosphäre hier erinnern mich ein wenig an früher, als ich mit meinen Kumpels zusammen gesessen bin", erzählte Jesus melancholisch. „Wir haben uns damals oft getroffen und Nächte lang nur philosophiert. Über die Welt, über die Menschen und über das, was mein Vater ihnen mitgeben wollte. Es waren hitzige Diskussionen damals, denn einige der Kumpels standen voll hinter dem, was mein Vater wollte, andere wiederum zweifelten. Aber es waren tolle Abende unter echten Freunden und wenn wir uns verabredeten, kamen immer alle zwölf. Wir waren eine eingeschworene Clique und der eine oder andere führte sogar Buch über unsere Gespräche. Als ich dann weggezogen bin, weil mein Vater wollte, dass ich wieder heimkomme, haben wir uns noch ab und zu getroffen, doch schließlich ging jeder seines Weges, um unsere Ideale umzusetzen, die wir damals gemeinsam gesponnen hatten. Selbst heute reden wir immer noch gerne über die Zeit damals, wenn wir uns treffen."

„Und was habt ihr da so besprochen?", wollte Magdalena wissen.

„Das erzähle ich dir vielleicht ein anderes Mal. Du weißt ja, Männersache", gab sich Jesus zugeknöpft.

Das war zwar nicht die Antwort, die Magdalena zu hören hoffte, aber sie wollte nicht aufdringlich werden und so wechselte sie das Thema um noch ein bisschen von der herrlichen Stadt zu schwärmen.

*

Ein Herz, unendlich groß. Klingt gut, aber wie ist es zu verstehen? Gibt es da wirklich jemanden, der irgendwie unter uns ist und dessen Herz so groß ist, dass sich jeder von uns an ihn wenden kann, wenn er nicht mehr weiter weiß? Und wenn ja, wie kann uns dieser jemand helfen? Gute Fragen, deren Antworten wohl nur jeder für sich selbst finden kann. Keine Organisation, und hält sie sich auch für noch so legitimiert, kann uns diese Antworten oktroyieren. Das Schlimme ist nur, dass das so viele dennoch tun und die Orientierungslosigkeit der Menschen dadurch zum Selbstzweck ausnutzen. Egal um welche Religion es sich handelt und welches unendlich große Herz dabei zweckentfremdet wird. Alles, was unter dem Deckmantel dieses Herzens passiert, ist ein Widerspruch in sich und stellt dasselbe sofort in Frage. Krieg und Mord wegen Geld und Öl. Selbst bei den im Grunde erfreulichen Entwicklungen zu Beginn des

Jahres 2011 in Ländern wie Tunesien, Ägypten oder Libyen, wo es um Freiheit und Menschenrechte ging, darf bezweifelt werden, ob die Auslöser der Veränderungen in humanitären Gründen zu suchen sind. Vielmehr ist die Frage legitim, welche Wirtschaftslobby diesmal dahintersteckt, um ihre monetären und machtpolitischen Interessen zu wahren. Sieht man sich die Rohstoffsituation an, liegt die Antwort wohl auf der Hand.
Wie kann man da noch auf ein unendlich großes Herz vertrauen? Ist das nicht Leichtgläubigkeit, Naivität oder gar Dummheit? Lassen wir die Kirche im Dorf. Religionen waren seit ihrer Gründung schon Mittel zum Selbstzweck. Nicht für die Menschheit als solche, aber für Drahtzieher und Meinungsbilder. Die christliche Welt schreit heute auf aus Angst vor der Islamisierung. Aber wie kam es überhaupt zu dieser christlichen Welt? Wohl mithilfe der selben Methoden, die heute am Islam verurteilt werden. Wir waren um nichts besser, mit dem Unterschied, dass heute ob des technischen Fortschrittes weitreichendere Mittel zur Verfügung stehen. In ihren Kernaussagen werden die beiden Religionen wahrscheinlich gar nicht allzu sehr voneinander abweichen, bloß wen interessieren heute die Kernaussagen? Es sind die Interpretationen, die das Übel anrichten. Interpretationen von einigen wenigen Wahnsinnigen, die über ein politisches und wirtschaftliches Netzwerk gesteuert werden. Osama Bin Laden ist der Wahnsinnige, das Netzwerk dahinter die treibende Kraft. Die Welt ist im Arsch, blasen wir ihr den Marsch.

Also, wie kann man da noch auf ein unendlich großes Herz vertrauen? Es wäre interessant, wie unser deutscher Tourist diese Frage beantworten würde, wenn nicht einmal in seiner Vergangenheit alles so heile Welt war, wie uns das gerne weichgezeichnet wird. Sehen wir die Sache pragmatischer, und vertrauen wir nicht auf ein imaginäres Herz, sondern auf unseren Menschenverstand und die Pendeltheorie. Es besteht berechtigte Hoffnung, dass sich viele Dinge wieder in einer gewissen Normalität einpendeln. Wir müssen es nur zulassen, jeder bei sich selbst anfangen. Der Einzelne kann mehr bewegen als er glaubt und ob die Kraft dazu nun von einem unendlich großen Herzen kommt, soll jeder selbst beurteilen. Amen.

Tag 5 – *menschliches Regelwerk und autogame Expertisen*

„Hallo! Hallo!", schrie ein völlig Aufgelöster und klopfte laut an den Wohnbus. „Ist da jemand? Sie dürfen da nicht stehen!"
Jesus erschrak, denn solchen Lärm gab es auf Wolken nicht. Er rieb sich die Sandmännchen aus den Augen und öffnete eine Luke des Busses, um den Klopfer zu beruhigen. „Was ist los, mein Sohn?", fragte er höflich.
„Sie dürfen da nicht stehen, das wilde Campieren ist schon lange verboten!", klärte der sichtlich erregte Mann Jesus auf.
„Das tut mir leid, stehen wir etwa auf ihrem Grund?", erkundigte er sich.
„Nein, aber sie dürfen hier trotzdem nicht stehen", wiederholte der Mann energisch.
„Stören wir sie hier?", wollte Jesus wissen.
„Äh, nein", antwortete der Mann verwundert.
„Warum wecken sie uns dann auf?", fragte Jesus leicht verärgert.
„Ich gehe jeden Morgen hier mit meinem Hund spazieren und sie dürfen da nicht campieren. Wenn sie nicht bald wegfahren, rufe ich die Polizei", drohte er.
Jesus versicherte dem Mann gleich wegzufahren, um die Situation nicht unnötig in die Länge zu ziehen.
„Weißt du was, wir frühstücken heute nicht im Bus, sondern fahren in den nächsten Ort und setzen uns in einen gemütlichen Gastgarten", schlug Magdalena vor.
Jesus willigte ein, setzte sich gleich ans Steuer und so fuhren sie in das nächste Dorf.

„Warum regt sich der Mann so auf, wenn ich ihm eigentlich gar nicht im Weg bin, geschweige denn, dass ihn das etwas angeht, ob wir wild campieren oder nicht. Ist ja schließlich nicht sein Grundstück?", konnte Jesus die ganze Aufregung nicht verstehen.

„Weil du gegen eine Regel verstoßen hast. Dabei geht es gar nicht um den Mann persönlich, sondern allgemein darum, dass du eben dort nicht campieren darfst. Ich brauche jetzt erst mal einen Kaffee und dann werde ich versuchen, es dir zu erklären", bat Magdalena um etwas Geduld so früh am Morgen.

Schon bald fanden die beiden einen gemütlichen Tisch in einem Café und genossen die Morgensonne und ein anständiges Frühstück: Würstchen mit Ei, etwas Prosciutto mit Melone, dazu frisches Gebäck, selbst gemachte Marmeladen, frisch gepresste Fruchtsäfte und Joghurt – eines der vielen aus dem Supermarkt.

„Herrlich, einfach herrlich", schwärmte Jesus, der als Genussspecht bekannt war und der irdischen Völlerei durchaus etwas abgewinnen konnte. „Also wie ist das nun mit den Regeln, gegen die ich verstoßen habe, was den Herrn vorhin sehr aufgeregt hat, obwohl es ihn eigentlich nichts angeht", wollte er schließlich wissen.

„Schöne Formulierung, du hast es schon fast auf den Punkt gebracht. Damit die Menschen auf der Erde wissen, wie sie zu leben haben, gibt es eine Menge Regeln, die im Laufe der Zeit aufgestellt wurden."

„Also ähnlich den zehn Geboten", warf Jesus ein.

„Im weitesten Sinne ja, nur eben etwas komplizierter. Egal was du tust, es gibt für alles Regeln. Das beginnt bei Benimmregeln, geht weiter bei Vertragsregeln bis hin zu Gesetzen, wobei diese die härtesten sind, da eine Nichteinhaltung zu Konsequenzen führt."

„Du meinst, so wie neulich dein Strafzettel wegen Falschparkens", stichelte Jesus.

„Zum Beispiel", ignorierte Magdalena die Anspielung. „Die Straßenverkehrsordnung ist überhaupt ein gutes Beispiel für menschliches Regelwerk. Vor lauter Verkehrszeichen siehst du kaum noch die anderen Verkehrsteilnehmer und bist völlig unkonzentriert. Das hat oft zur Folge, dass es mit Verkehrszeichen gefährlicher ist als ohne. Und das, obwohl diese die Sicherheit eigentlich erhöhen sollten. Nimm beispielsweise die Schutzwege, auch Zebrastreifen genannt. Das sind die weißen Streifen auf der Straße, über die Fußgänger gehen sollten. Zur deren Sicherheit wurde ein Gesetz erlassen, das ihnen beim Überqueren Vorrang gegenüber den Fahrzeugen einräumt, was dazu geführt hat, dass viele Fußgänger ohne zu schauen über den Schutzweg rennen, weil sie ja Vorrang haben. Dass ein Fahrzeuglenker sie nicht oder zu spät sieht und vielleicht nicht mehr rechtzeitig anhalten kann, wird vernachlässigt, denn sie haben ja per Gesetz Vorrang. Im Endeffekt gibt es heute mehr Unfälle auf Schutzwegen als je zuvor. Man hält keinen Blickkontakt mehr, um mit anderen Verkehrsteilnehmern zu kommunizieren, sondern überlässt alles irgendwelchen theoretischen Regeln."

„Dann sind viele Regeln ja kontraproduktiv, um nicht zu sagen dumm, denn sie führen offensichtlich dazu, dass der Mensch nicht mehr denkt. Das erledigen Regeln für ihn, die aber nicht uneingeschränkt funktionieren können. Das menschliche Regelwerk führt sozusagen zu einer Verkümmerung des Menschenverstandes", analysierte Jesus.

*

Und die Sache mit dem Schutzweg ist nur ein Beispiel von vielen, das diese Analyse untermauert. Leider, denn neben dem Schwund des Menschenverstandes führt das Regelwerk auch dazu, Vorschriften zu ignorieren, sei es als Kavaliersdelikt, aus Ignoranz oder gar als Folge einer totalen Regelübersättigung. Oft sieht man ja vor lauter Bäumen den Wald nicht mehr, man schaue sich nur einen durchschnittlichen Straßenzug an, beinahe ein Streifzug durch die gesamte StVo.
Jeden Tag kann man unzählige solcher Folgeerscheinungen beobachten. Man fahre beispielsweise an einem Wochentag in ein Einkaufszentrum und wird sehen, dass die wenigen Autos vorwiegend auf den nahe dem Eingang angeordneten Behindertenparkplätzen und an jenen für Personen mit Kinderwagen geparkt sind. Etwa so, als wäre wochentags das Eldorado der Gehbehinderten und der Jungfamilien. Oder man suche an überfüllten Parkplätzen einen solchen. Wenn man endlich eine Lücke erspäht zu haben glaubt, wird man feststellen, dass ein Fahrzeug über zwei Plätze steht und man nur in den Parkplatz kommt ohne aussteigen zu können. Pure Ignoranz der Menschen. Den Gipfel erlebte ich auf so einem Parkplatz selbst, als ich im parkenden Auto auf jemanden wartete. Neben mir parkte eine telefonierende aber dem Einparken nicht mächtige blonde Tussi ein (es lebe das Klischee), stieg aus und während sie den Einkaufskorb aus dem Kofferraum holte, sagte sie doch glatt zu ihrem Gesprächspartner am Telefon: „Stell dir

vor, jetzt habe ich ein Auto so eingeparkt, dass da keiner mehr ein- und aussteigen kann. Hähä." Wohlgemerkt sah sie mich drinnen sitzen. Wobei, das ist schon eher Dummheit als Ignoranz, oder?

Überhaupt bietet der Straßenverkehr die meisten Möglichkeiten für solche Beispiele. Schade etwa, dass gerade bei Schulen und Kindergärten so oft die Geschwindigkeit kontrolliert werden muss, weil viele Autofahrer sonst nicht mehr auf die Idee kommen, langsam zu fahren. Oder das Rechtsüberholen, oder das Schleichen auf der linken Spur....

Manchmal driftet das Regelwerk in Unlogik ab. Da gab es den Fall einer Parksünderin, die nie ihre Parkstrafen bezahlte und schon über EUR 15.000,-- an Strafmandaten gesammelt hatte, die sie natürlich nicht bezahlen konnte. In einem langen Gerichtsverfahren wurde sie schließlich zu einer Freiheitsstrafe verurteilt. Völlig pervers, denn somit schuldete sie der Stadt nicht nur die Parkgebühren, sondern verursachte zudem noch Kosten für Verwaltung und im Gefängnis musste sie auch noch durchgefüttert werden. Aus volkswirtschaftlicher Sicht sollte das Fahrzeug ab einer bestimmten Summe an angesammelten Parkstrafen abgeschleppt werden. Wird nicht bezahlt, wird das Fahrzeug verwertet. Und da der Fahrer sich offensichtlich über die StVo hinwegsetzt, könnte durchaus auch die Lenkerberechtigung in Frage gestellt werden.

Doch auch im Straßenverkehr findet die Pendeltheorie Anwendung, denn in den Niederlanden wurde eine wunderbare Gegenbewegung zur Verblödung durch Überschilderung entwickelt, der shared space. In diesem

Konzept der Straßenverkehrsordnung gelten alle Verkehrsteilnehmer als gleichwertig, einzig die Rechtsregel bleibt erhalten. Es gibt keine kanalartigen Straßen durch Ortschaften mehr, keine Gehsteige, keine Ampeln und keine Verkehrszeichen. Die Menschen sind tatsächlich auf ihre ureigenen Instinkte der Vorsicht, der Kommunikation durch Blickkontakt und des Mitdenkens angewiesen. Das Motivierende dabei ist die Tatsache, dass es funktioniert. Ja, der Mensch funktioniert noch! Zudem bewahrheitet sich die Theorie, dass das Einfachste oft das Effizienteste ist, denn dieses Konzept bringt einige positive Nebeneffekte mit sich. Wegen der erhöhten Aufmerksamkeit muss der Autofahrer langsamer unterwegs sein, jedoch gibt es keine Ampeln oder Stoppschilder, die ihn zum Anhalten zwingen, selbst wenn es die Verkehrssituation gar nicht erfordert. Durch den Blickkontakt mit den Fußgängern bleibt ihm das oft unnotwendige Anhalten vor den (nun nicht mehr vorhandenen) Schutzwegen erspart, da der Fußgänger ihm durchaus signalisieren kann, er würde dem Autofahrer Vorrang gewähren. Dieses langsame, aber kontinuierliche Durchqueren eines Ortes spart letztendlich Zeit, Treibstoff und damit Geld und Schadstoffausstoß (Sie wissen, meine CO_2 Bilanz...). Ein wunderbares Konzept, das in der Praxis in über 100 Orten bereits funktioniert. Einwände kommen vor allem von Regelbesessenen, die sich ein unreglementiertes Leben nicht mehr vorstellen können und in solchen Orten vergeblich nach Möglichkeiten suchen, Regelverstöße zu ahnden. Das sind dann aber auch jene Menschen, die geregelt aufstehen und zu Bett gehen. Wecker um 7:00 Uhr, danach Frühstück und Lesen des Lokalteiles der Zeitung. Im Anschluss der Morgenschiss, dabei Lesen des Sportteiles der Zeitung. Morgentoilette, Abfahrt ins Büro, nach dem Eintreffen ein Kaffee vom Automaten, dabei Lesen der Mails, schließlich gegen 9:00 Uhr Beginn mit der Arbeit. Mittagessen um Punkt 12, schließlich knurrt seit 11:45 Uhr schon erwartungsvoll der Magen, genachtmahlt wird zur siebten Stunde. Nachrichten um 19:30, in den Werbepausen Lesen der restlichen Zeitung sowie der Post. Gibt es kein gutes Hauptabendprogramm, steht der Abend zur freien Verfügung, was meist ein größeres Problem darstellt. Nach dem Duschen zu Bett gehen, damit mit dem Sandmännchen das Spiel wieder von vorne losgehen kann. Und täglich grüßt das Murmeltier. Schlimm ist nur, dass Kinder ab dem Kindergarten gezwungenermaßen genauso funktionieren müssen, ob sie wollen oder nicht. Bei solchen Menschen findet die Pendeltheorie übrigens keinen großen Anklang, denn diese würde förmlich in Anarchie enden.

*

Das üppige Frühstück war beendet, und während unsere Globetrotter auf den Kellner warteten, um zu zahlen, las Jesus ein wenig in der Zeitung.
„Sieh mal, Magdalena, da ist ein Artikel über die komische Ausstellung, die wir uns gestern angesehen haben."
Du meinst die, wo du auf ein Kunstwerk getreten bist, weil du dachtest, es sei ein Vorleger", lachte Magdalena.

„Ja und da war ich nicht der einzige. Aber am besten war ja der Aufpasser, der bei einem der fragwürdigen Kunstwerke, diesem weißen Klotz, Wache hielt, als ihn ein Bekannter mit den Worten begrüßte: ‚Servus Karl, und du passt da auf etwas Weißes auf?' Herrlich. Das war Kunstverständnis nach meinem Geschmack. Jedenfalls steht über diese Ausstellung heute folgendes in der Zeitung: ‚Sein Oevre repräsentiert eine der zentralen Positionen in der Auseinandersetzung mit Raum und Skulptur.' Ein Wahnsinn, was diese selbst ernannten Experten so für Ergüsse haben!"

„Ja, du bist auf eines darauf getreten und für den Besucher war ein anderes Kunstwerk etwas Weißes". Da stimmt wirklich vieles nicht zusammen. Lass' uns aufbrechen und der Sache mit den Expertisen nachgehen", schlug Magdalena vor.

*

Experten gibt es ja zur Genüge, vor allem die selbsternannten, wie beispielsweise die Society Experten, deren Ausführungen durchaus spannend sein können. Es handelt sich dabei um Personen, die zu Zeitungsenten irgendwelcher Promis ihren Senf geben. Meistens sind diese Personen verhinderte Journalisten, die bereits mit dem Schreiben eines Berichts über das Maibaumaufstellen in Labuttendorf intellektuell überfordert waren und daher in ein Genre wechselten, in dem der Schwachsinn regiert. Jene Journalisten, die die Prüfung in Labuttendorf bestanden haben, sind heute übrigens Experten in Fachgebieten wie Finanz, Politik,

Wirtschaft, Kultur oder Umwelt. Egal, Experten gibt es offensichtlich mehr als wir brauchen und mir stellt sich immer die Frage, wie man zu einem Experten wird, welche Eigenschaften einen solchen auszeichnen und auf was hinaus jemand diesen Titel zugesprochen bekommt, beziehungsweise sich selbst zuspricht. Er muss sich halt auskennen auf irgendeinem Gebiet, werden Sie sagen, aber wie ist das dann, wenn zwei Experten über ein und dasselbe Thema völlig unterschiedliche Aussagen treffen? Ist dann nur einer der Experte und wenn ja, welcher, oder sind es beide, oder am Ende gar keiner?
Beim Society Experten ist das noch relativ egal, denn es geht um nichts. Ob der Maibaum in Labuttendorf noch steht, interessiert eigentlich keinen. Und die Frage, ob irgendein Star oder Sternchen Hämorrhoiden hat, beeinflusst das Weltgeschehen nur äußerst peripher, abgesehen von Absatzzahlen diverser fragwürdiger Medien.

Oder nehmen wir den Kunstexperten. Der entscheidet also, ob etwas Kunst ist oder nicht. Was ist Kunst eigentlich, wer definiert sie? Wer legt den Wert fest, wer den Preis? Muss sie einfach nur gut sein, oder gar nicht reproduzierbar, um wertvoll zu sein (wie die Van Gogh's dieser Welt)? Wobei, diese werden auch gefälscht, sodass sie dem Original gleichen und sind trotzdem nichts wert – sofern man die Fälschung erkennt, bevor man das Bild bezahlt. Wie wird Kunst also definiert? Jeder kann für sich entscheiden, ob ihm etwas gefällt oder nicht, doch das hat keinerlei Einfluss auf die Bewertung oder gar den Wert. Die Anzahl der Museumsbesucher kann es auch nicht sein, denn diesen müssen die ausgestellten Exponate ja nicht gefallen. Bleibt nur mehr der Markt.

Was Kunst ist, bestimmt also der Markt, nur dass sich der Kunstmarkt nicht unbedingt nach Angebot und Nachfrage richtet, sondern nach Gewinnmaximierung und damit ist er reine Spekulation. Bedeutende Kunstexperten sind also in Wahrheit Spekulanten. Unbedeutende sind Dampfplauderer, fallen also unter die Kategorie selbsternannt und können in Wahrheit nicht einmal die Werke des Frauenmalvereins Labuttendorf beurteilen.
Beides nicht gerade erbaulich und was Kunst nun wirklich ist, wissen wir immer noch nicht.

Leider ist dieses Expertenthema auf unzählige Gebiete ausdehnbar. Da gibt es beispielsweise den Gourmetexperten, dessen Gaumenfreuden die Basis für die Vergabe von Sternen und Hauben bilden. Der Preis eines Stücks toten Fisches richtet sich nach von Experten vergebenen Mützchen, selbst wenn diese Stückchen derart klein sind, dass man ohnehin beinahe nichts schmeckt. Leute, das ist pure Nepperei und Abzocke und wir alle fallen darauf rein, weil wir um jeden Preis dazugehören müssen. Kostet einmal den von Opa auf einer Kroatischen Insel frisch gefangenen Fisch, den Oma dann abends in ihrer kleinen Küche zubereitet. Ganz ohne Haube, dafür genießt man ihn direkt am Meer, die Füße beinahe noch im Wasser. Da kommt der Gourmetexperte Gott sei Dank nicht hin. Was sollte er dort auch, wenn es nichts zu vermarkten gibt. Wir sind also wieder beim Markt, der die Sterne und Hauben vergibt. Und beim Wein verhält es sich ähnlich. Und bei Parfüms, bei Mode, bei Autos usw. Nur beim Sport verhält es sich pragmatischer, denn da hält sich fast jeder für einen Experten. Vor allem beim Fußball ist das sehr amüsant, denn nach einem Ländermatch gibt es in Österreich beinahe acht Millionen Teamtrainer, die alles besser gemacht hätten. Diese Expertisen bleiben jedoch am Stammtisch und sind daher eher amüsant und völlig ungefährlich, beinahe schon nützlich, zumindest für den Bierumsatz der Stammkneipe.

Nicht zu vergessen natürlich sind der Ernährungsexperte und der Diätexperte, wobei zweiterer vor allem dann zum Einsatz kommt, wenn die Expertisen des ersten nicht den gewünschten Erfolg gebracht haben. Diese Expertengattung zeichnet sich auch durch ihre kurze Lebensdauer aus, ähnlich einer Eintagsfliege, da sich die Expertisen in verlässlicher Regelmäßigkeit gegenseitig widerlegen oder neu erfinden. Einmal ist es die Trennkost, dann das Weglassen gewisser Nahrungsinhalte, ein anderes Mal ist es der Verzicht auf feste Nahrung. Aus der Sicht des Menschenverstandes ist vor allem die ausgewogene Ernährung sinnvoll, man isst von allem etwas, das jedoch mit Maß und Ziel und immer jene Ernte, die die Natur gerade bereitstellt (Stichwort Saisongemüse). Man muss nur auf seinen Körper hören, der weiß ganz genau, was er wann in welcher Menge benötigt. Und ganz wichtig ist, dass man mit Freude und Wertschätzung isst, bewusst, genussvoll und ohne Stress. Dazu bedarf es keinerlei Expertisen oder Ratgeber, es ist einfach nur normal.

Irgendwie gewinnt man ja den Eindruck, dass das Wort Experte ohnehin ein leeres zu sein scheint, sieht man sich beispielsweise die Besetzung politischer Ämter an. Die Häufigkeit, mit der Minister ihre Ressorts untereinander tauschen, gleicht schon beinahe jener des saisonal bedingten Reifenwechselns. Eben noch InnenministerIn, jetzt FinanzministerIn, gestern noch WissenschaftsministerIn, heute JustizministerIn. Offenbar bedarf es in der Politik keiner Experten für ein bestimmtes Ressort, man bekleidet einfach ein Amt, Verzeihung, einen Ministerposten, ob man sich auf diesem Gebiet auskennt, oder nicht. Ich habe bei den letzten Regierungsbildungen (und diese gehören in Österreich seit einiger Zeit beinahe schon zur Tagespolitik) noch nie die Forderung nach fähigen Leuten vernommen, immer nur jene nach Einhaltung einer Frauenquote. Ganz verstehe ich diesen Zugang ehrlich gesagt nicht, denn im Sport setzt sich eine Mannschaft auch nach den Qualifikationen der Spieler zusammen. Oder haben sie schon einmal erlebt, dass der Stürmer plötzlich im Tor steht, der Tormann rechts außen spielt und der Libero auf der Trainerbank sitzt?

Das Drama an der Expertensache ist, dass wir uns tatsächlich davon steuern lassen. Wir sind also fremdbestimmt. Und die Geschichte ist so perfekt inszeniert, dass wir es gar nicht merken und wirklich daran glauben, oder es uns zumindest einreden. Nicht wir entscheiden, was uns gefällt, wir lassen es uns vorkauen von all den selbsternannten Experten. Da gibt es Typberater, die einem sagen, was man anziehen soll, wo früher der Verkäufer beraten hat, wenn man sich nicht sicher war. Bis hin zu allerlei Lebensberatern, oder Lebenscoaches, wie sie neuhochdeutsch genannt werden wollen. Neulich sprach ein solcher im Radio darüber, wie man mit dem Übergang vom Winter zum Frühling besser umgehen kann. Hallo? Seit wir denken können, geht der Winter in den Frühling über und wir gehen gut

damit um, denn wir freuen uns, dass alles wieder blüht, die Tage länger werden und es angenehm warm wird. Eigentlich muss man nur das Wintergewand wegräumen, den Rest erledigt die Natur.
Wo bleibt er, der Menschenverstand? Warum machen wir uns zu Marionetten? Reicht es nicht, dass wir uns von der Werbung beeinflussen lassen, welche Produkte wir kaufen? Müssen wir tatsächlich bei jeder noch so alltäglichen Frage den Rat eines fragwürdigen Experten einholen? Das endet doch in der absoluten Verblödung, der totalen Selbstaufgabe und letztendlich im menschlichen Regelwerk, denn weil wir selbst nicht mehr denken können, geben uns andere vor, wie wir uns zu verhalten haben. Dort fahren wir schnell, da langsam, dort dürfen wir gehen, da nicht, das dürfen wir tun, jenes nicht. Warum es so sein soll, hinterfragen wir nicht mehr.

Nein, wir hinterfragen vieles nicht mehr, wir tun es einfach und so tun wir es oft am Sinn der Sache vorbei. Nehmen wir so einfache und schöne Dinge wie das Schenken (gibt es eigentlich auch einen Geschenksexperten oder einen Geschenkberater?). Heute ist es Usus, dass man sich zu allen möglichen Anlässen beschenkt, zum Geburtstag, zu Weihnachten, zu Ostern (ja, ja, auch unser Tourist Jesus muss als Anlass herhalten, selbst wenn die meisten Schenker und Beschenkten gar nicht wissen, dass es dabei eigentlich um ihn geht), zu Schulbeginn, zu Schulschluss und was weiß ich noch zu welch komischen Anlässen. Das interessante bei den Geschenken ist, dass es vielen darum geht, dass man eben etwas schenkt und gar nicht darum, ob jemand überhaupt beschenkt werden will. Nein, wenn jemand nicht beschenkt werden will, wird das ignoriert und er bekommt trotzdem etwas, egal ob es ihm überhaupt gefällt, oder er es brauchen kann. Und wehe, er freut sich dann nicht darüber. Der Wunsch, nicht beschenkt zu werden, wird nicht erfüllt, dafür schenkt man, was sich gar keiner wünscht. Es geht also nicht um den Beschenkten, nicht um die Sache selbst, sondern um ein reines Gewissen, weil man das tut, was man eben tun muss. Oft geht es sogar soweit, dass man die Wünsche des anderen ignoriert und ihm ein anderes Geschenk macht, in der Überzeugung, es sei besser für ihn (wahrscheinlich aufgrund eines Expertentipps). Oder man schenkt Dinge, die man vielleicht selbst gebrauchen kann, ohne darüber nachzudenken, ob sie der Beschenkte auch gebrauchen kann. Oder man denkt sogar darüber nach, ist aber zu verbohrt, um es herauszufinden. Oder...

Leben wir nicht tatsächlich an den wesentlichen Dingen vorbei?

*

„Das war zu meiner Zeit genauso", versuchte Jesus eine Brücke zu schlagen zwischen den Beobachtungen von heute und seiner Zeit als er auf die Erde kam. „Genau deshalb bin ich ja gekommen. Schon damals ließen sich die Menschen viel zu viel vorschreiben, wurden fremdbestimmt und durften oft nicht einmal mehr ihre eigene Meinung haben. Es war damals einfach an der Zeit, einmal dagegen aufzubegehren und den Menschen die Augen zu öffnen."

„Warst du etwa ein kleiner Revoluzzer, Jesus?", fragte Magdalena mit einem Lachen auf den Lippen.
„Wenn du das so nennen willst. In jedem Fall habe ich ziemlich auf den Tisch gehauen damals. Und es hat gewirkt, wenn auch nicht ganz so, wie ich es ursprünglich wollte", gab sich Jesus beinahe enttäuscht.
„Was meinst du mit auf den Tisch hauen? Ich dachte du warst der Philosoph, der mit Ruhe und Intellekt die Welt verändern wollte, mit Geduld und Überzeugung, mit Nachsicht und Verständnis."
„Ach wo, das ist das Bild, das ihr gerne von mir habt."
„Nein Jesus, das ist das Bild, das uns von dir vermittelt wird", widersprach ihm Magdalena.
„Ich weiß. Ich habe ja einiges durcheinander gebracht damals und so wurde ich für die eine oder andere Organisation nicht ungefährlich. Das Bild von mir wurde dann ein wenig zurecht gerückt, dass man es besser nutzen konnte für die eigenen Interessen. Hätten die meine Gedanken damals umgesetzt, sähe heute vieles anders aus, doch dagegen wollten sie unbedingt etwas unternehmen. Das war perfektes Marketing damals, da könntet ihr heute noch was lernen. Red Bull oder Nespresso sind Kindergeburtstage dagegen."
„Du nimmst mich jetzt auf den Arm, nicht wahr?", konnte Magdalena die Erzählungen nicht glauben.
„Das würde ich mir nie erlauben!", schoss es zurück. „Ich war tatsächlich nicht das zahme Bubi, als das ich immer beschrieben werde. Oder glaubst du wirklich, dass jemand, der mit dem Heiligenschein durch die Lande zieht und alles mit der rosaroten Brille zu sehen versucht, für soviel Aufregung gesorgt hätte? Da hätte mich kaum jemand wahrgenommen, geschweige denn ernst. Ich

musste damals Wirbel machen, nicht kleckern, sondern klotzen, so richtig einen draufhauen."
„Und was bitte hast du so getrieben?" fragte Magdalena voller Neugier.
Jesus hielt den Campingbus am Straßenrand unter einer schattigen Pinie, ging nach hinten um zwei kühle Bier und Zigaretten zu holen, setzte sich neben Magdalena unter den Baum und begann zu erzählen.
„Diese Geschichte bleibt bitte unter uns, Magdalena. Sie soll keine Rechtfertigung für mein Handeln sein, noch irgendeine Schuldzuweisung an jene, die alles aus Eigennutzen verdreht haben. Sie soll dir Klarheit über diese Angelegenheit bringen und zeigen, dass es nie um Wunder gegangen ist, sondern einzig darum, dass die Menschen selbständiger, ja selbstbestimmter werden sollen."
Jesus zündete sich eine Zigarette an und nahm einen großen Schluck aus der gut gekühlten Bierflasche. Magdalena tat dasselbe. Dann fuhr er fort in seinen Ausführungen.
„Schon meine Geburt blieb bekanntlich nicht ohne Aufsehen, denn die Welt sollte von meiner Existenz erfahren. Alles hat sich mehr oder weniger so zugetragen, wie es überliefert ist, so mit dem Stern über Bethlehem, aber das ist wieder eine andere Geschichte. Ich will jetzt auch nicht allzu viel von meiner Kindheit erzählen, das würde zu weit gehen. Es war übrigens eine angenehme Kindheit, ich war ein aufgewecktes Bürschchen, nicht besonders gut in der Schule, dafür habe ich gerne Fußball gespielt. Eigentlich war es nicht anders als heute. Spannend wurde es dann nach der Pubertät, in der Zeit des Erwachsenwerdens. Man hatte mich ja beobachtet, schließlich war und bin ich Gottes Sohn. Und ich war ein

Querdenker, wollte anders sein, als die Anderen und auf mich und meine Ideen aufmerksam machen. Damals hatte ich lange Haare und trug einen Vollbart, sah irgendwie aus wie Cat Stevens in den 1970ern und hätte bestimmt seine Lieder gesungen, wenn es diese schon gegeben hätte. Wir waren eine Clique von jungen Männern, weil es für Frauen zu der Zeit irgendwie unsittlich war mit jungen Männern Nächte durchzumachen, dafür war es durchaus sittlich, wenn junge Männer gemeinsam Nächte verbracht haben. Im harten Kern der Clique waren dreizehn Jungs, von denen ich dir schon gestern im Café in Paris erzählt habe. Wir haben uns regelmäßig getroffen und darüber philosophiert, wie wir etwas ändern können in der Gesellschaft. Teilweise ging es ganz schön heftig zu, aber nicht wegen des Themas, eher wegen der Rahmenbedingungen, denn wir waren wahrlich keine Kinder von Traurigkeit. Immerhin war mein Vater ja weit genug weg." Jesus machte eine kleine Gedankenpause, wahrscheinlich schwelgte er kurz in Erinnerungen.

„Was wir wollten, war einfach nur Freiheit, für uns ebenso wie für die Menschen allgemein. Wir wollten nicht weiter zusehen, wie ein Regime von einer Handvoll Korrupter alles bestimmte und beherrschte, jeden Widerstand im Keim zu ersticken versuchte und es sich so richtete, wie es ihnen gerade passte. Dagegen musste etwas unternommen werden und vor allem musste man die Menschen aufrütteln und ermutigen, sich zu widersetzen. Nichtstun wäre völliger Selbstaufgabe gleichgekommen. Also haben wir versucht, neues Gedankengut zu formulieren, eines, in dem Freiheit, Unabhängigkeit und Vernunft gelebt werden. Und wir waren durchaus bereit, dafür zu kämpfen. Wichtiger war jedoch, Wege zu finden, um die Menschen für unsere Ideen zu begeistern, wir mussten sie mitreißen. Also teilten wir uns auf, jeder an einem anderen Platz der Stadt, und hielten unsere Kundgebungen ab. Schon bald blieben die Leute stehen und hörten uns zu, manche schüttelten die Köpfe, viele jedoch blieben und pflichteten uns bei. Nach den Kundgebungen sprachen wir noch mit ihnen, luden sie ein, uns zu besuchen und mit uns gemeinsam diese Ideen umzusetzen. Es dauerte nicht lange und wir waren eine große Gemeinschaft Gleichgesinnter. Als Zeichen der Zusammengehörigkeit trugen wir eine Schleife um den Arm. Doch unsere Gegner schliefen nicht. Die Stadtverwalter duldeten keinen Aufruhr und wollten unsere Treffen und Kundgebungen verbieten. Es kam immer wieder zu gewaltsamen Zusammenstößen und schließlich mussten wir unsere Treffen geheim abhalten. Doch das ermutigte uns nur noch mehr, unsere Ideen zu verfolgen und umzusetzen, denn am Widerstand der Machthaber erkannten wir, dass wir ihnen unangenehm wurden und sie Angst vor uns bekamen. Irgendwie brodelte es und eine Art Revolution war geboren, der Beginn grundlegender Veränderungen, und unsere Anhänger wurden immer mehr. Doch dann kam, was kommen musste und unter uns dreizehn Jungs entbrannte ein Machtkampf. Jeder wollte die Führung übernehmen in unserer Gemeinschaft und den Erfolg für sich alleine verbuchen. Also trennten wir uns, damit jeder unsere Ideologie anderswo verbreiten konnte, so wollten wir ein breiteres Gebiet abdecken. Doch das funktionierte natürlich nicht, da jeder mehr Anhänger gewinnen wollte als der andere und so wurde unser Gerüst wackelig.

Langsam begannen wir, uns mit den Machthabern einzulassen, in der Hoffnung, mehr Macht zu erlangen und so ist unsere Ideologie langsam verschwommen. Die Machthaber bekamen immer mehr Einfluss und versuchten somit, ihre eigenen Ideen in den Vordergrund zu rücken. Wir wurden immer unbedeutender, unsere Schriften wurden verfälscht und so umformuliert, wie es den Machthabern besser passte. Was daraus geworden ist, zeigt uns die Geschichte. Staat und Kirche verbündeten sich, bekamen noch mehr Macht und die Menschen wurden immer stärker unterdrückt. Nicht nur im Namen des Gesetzes, auch im Namen Gottes, obwohl das eigentlich im Namen der Kirche war, also der zweifelhaften Kirchenväter. Wir konnten diese Entwicklung nicht mehr bremsen, schlimmer noch, in den Schriften wurden wir so zitiert, als wäre es unsere Ideologie gewesen. Dass diese Schriften erst Jahre später verfasst wurden, scheint niemanden stutzig gemacht zu haben. Im Grunde haben wir versagt und mein Vater war auch nicht gerade erfreut darüber."

Jesus trank sein Bier aus und stand auf, um ein paar Schritte zu gehen. Magdalena folgte ihm schweigend und umarmte ihn. Sie hielten sich sehr lange.

„Du bist wohl sehr enttäuscht, dass deine Kumpels nicht durchgehalten und konsequent hinter dir gestanden haben", meinte Magdalena schließlich.

„Nicht von meinen Kumpels bin ich enttäuscht, Magdalena, nicht von ihnen. Von mir bin ich enttäuscht, nur von mir, denn es war meine Schuld, dass die Clique damals zerbrochen ist", sagte Jesus mit leiser Stimme.

„Aber wieso deine Schuld?", fragte Magdalena verwundert.

Jesus antwortete nicht. Er ging einige Schritte am Campingbus vorbei, zündete sich noch eine Zigarette an und starrte wie versteinert in das romantische Abendrot. Nach einigen Zügen drehte er sich wieder um, setzte sich neben Magdalena auf den Stein und erzählte weiter.

„Ich war ein ziemlicher Idiot damals. Ich war zu feige, in brenzligen Situationen zu meinen Kumpels zu stehen. Einmal, als unsere Verfolger uns schon dicht auf den Versen waren, bin ich einfach abgehauen, anstatt bei ihnen zu bleiben und ihnen zu helfen. Gott sei Dank ist nichts passiert damals, aber ich habe mich sehr dafür geschämt und unser Vertrauen zueinander war natürlich nicht mehr dasselbe."

„Aber vielleicht war das nur eine Panikreaktion, so etwas muss man auch verstehen", versuchte Magdalena zu beruhigen.

„Es ging dabei ja nicht nur um diese Situation. Zwischen einem der Clique und mir herrschte seit jeher ein Machtkampf und wir waren oft eifersüchtig, wenn die Jungs eher für den anderen Partei ergriffen. Es war Johannes, genannt Johannes der Täufer, und er war einige Jahre älter als ich. Das Problem war, dass er sich auch für den Messias hielt und mit dieser Meinung war er nicht alleine."

„Wollte er dir deine Berufung streitig machen?", warf Magdalena ein.

„Nicht direkt streitig machen, er beanspruchte sie einfach auch für sich und das war gar nicht so weit hergeholt. Du kennst ja die Geschichte von meiner Geburt mit dem Stern über Bethlehem, der den Weg zur Grippe leuchten wird und diesen theatralischen Kram mit der Herbergssuche. Nun war es so, dass einige diesen Stern schon Jahre zuvor leuchten zu sehen glaubten, nämlich genau zu Johannes' Geburt, und so war es nicht verwunderlich, dass seine Familie der festen Überzeugung war, den Messias geboren zu haben. Doch irgendwie brachten sie die Sache nicht so ganz rüber und als dann ich zur Welt kam, richtete sich die Aufmerksamkeit auf mich, da meine Familie geschickter damit umgegangen ist. Viele Jahre später lernten wir uns dann kennen und es herrschte von Anfang an eine enorme Spannung zwischen uns, denn wir waren auch völlig unterschiedliche Charaktere. Johannes war stark und dominant, fast ein wenig beherrschend, ich hingegen war anfangs eher ruhig und schüchtern. Dass dennoch ich immer mehr die Oberhand gewann, konnte er natürlich nur schwer verkraften und dann auch noch die Fehde zwischen unseren Familien, da sind einige unschöne Dinge vorgefallen, die ich dir gar nicht erzählen möchte. Jedenfalls hatte ich immer das Gefühl, nicht gegen ihn anzukommen und selbst wenn er mir zustimmte, traute ich ihm nicht über den Weg. Dieses Misstrauen führte sicher dazu, dass ich das Gras wachsen hörte und ihm immer unehrliche Absichten unterstellte und dass diese ständige Diskrepanz zwischen uns für den Zusammenhalt der Clique nicht gerade förderlich war, ist auch logisch. Es blieb bis zum Schluss ein Kopf an Kopf Rennen, das ich letztendlich nur deshalb gewinnen konnte, weil ich die stärkere Lobby hinter mir hatte, nur dass diese Lobby halt meine durch den ständigen Machtkampf geschwächte Position ausnutzte und die ganze Geschichte so umformulierte, wie man sie heute hinlänglich als Kirche kennt. Wenn zwei streiten, freut sich bekanntlich der Dritte."

„Das ist ja eine grausliche Geschichte", gab sich Magdalena entsetzt. „Viel Unterschied zu heute finde ich

da nicht, so verbohrt wie ihr ward. Das ist ja abgelaufen wie in Politik und Wirtschaft der Jetztzeit. Die eigene Eitelkeit geht vor allgemeinem Interesse."
„Geh bitte nicht so hart mit mir ins Gericht", bat Jesus, „aber vielleicht hast du sogar recht. Ich bin eben auch nicht unfehlbar."
Sie saßen beide noch eine Zeit lang wie unbeweglich nebeneinander auf dem Stein und starrten in unterschiedliche Richtungen, schweigend und nachdenklich. Schließlich stand Jesus auf, reichte Magdalena die Hand und sagte leise: „Es tut mir leid, wenn ich dich enttäuscht habe. Komm, lass uns weiterfahren." Magdalena nahm seine Hand um leichter aufstehen zu können und setzte sich auf den Beifahrersitz, nachdem Jesus ihr gentleman-like die Autotür geöffnet hatte. Dann fuhren sie los.

*

Ich kann mir gut vorstellen, welche Gedanken Magdalena an diesem Abend auf der Weiterfahrt durch den Kopf gegangen sein müssen. Soll es uns motivieren oder deprimieren, dass nicht einmal Jesus sein Leben so leben konnte, wie er es uns eigentlich hätte vermitteln sollen. Motivieren, weil man selbst wenn man Fehler gemacht hat, aus diesen lernen und vieles verändern kann oder deprimieren, weil man sich eingestehen muss, dass alle gleich schwach sind. Wäre ich Hobbyesoteriker, würde ich an dieser Stelle den Vergleich mit dem zur Hälfte gefüllten Wasserglas heranziehen, das man negativ als halb leer, aber auch positiv als halb voll bezeichnen könnte. Ich bin aber keiner, also bleiben wir pragmatisch. Lobbyismus, Machtgeilheit, Korruption, Lug und Trug scheinen so alt zu sein wie die Menschheit selbst. Schon mit Adam und Eva hatte es keinen guten Anfang genommen und wer weiß, in welchen Parteien die Neandertaler ihrerseits organisiert waren. Gefällt mir übrigens, der Vergleich Neandertaler und Partei. Kein politisches System hat je wirklich funktioniert, nicht unbedingt, weil der Grundgedanke ein schlechter gewesen wäre, sondern weil bei deren Umsetzung immer wieder ausführende Personen ihren Schwächen erlegen sind. Und natürlich, weil der Menschenverstand auf der Strecke blieb

Spannend ist auch die Frage, wie so manches heute ablaufen würde, hätten sich andere Lobbyisten durchgesetzt. Bleiben wir gleich bei Jesus und Johannes dem Täufer. Was, wenn nicht Jesus, sondern Johannes als Messias Karriere gemacht hätte? Welche Kirche gäbe es heute, welche Kriege hätte es nicht gegeben, wie wäre die Weltkarte aufgeteilt, wären wir überhaupt noch da, hätte Columbus Amerika entdeckt (hat er das?), dürften Priester heiraten, wäre Sex keine Sünde, oder hätte überhaupt jemand das Fernsehen erfunden? Viele Fragen täten sich auf, und daran lässt sich erkennen, dass es Alternativen welcher Art auch immer gegeben hätte. Und genau das sollte motivierend sein, denn wenn man sich bewusst macht, dass es auch anders gegangen wäre, warum dann nicht nachträglich etwas ändern, warum den Istzustand als gegeben hinnehmen und resignieren? Warum nicht endlich den Menschenverstand rauslassen? Menschenverstand for Präsident! Die Zeit ist reif!

Tag 6 – Von Menschenverstand und Pendeltheorie

Eigentlich ist die Pendeltheorie selbsterklärend: Es bewegt sich alles so lange in eine Richtung, bis es am Punkt maximaler Ausreizung zu einer Wende kommt und sich somit alles wieder in die Gegenrichtung bewegt, wobei die Länge der Ausschwenkungen einzig von der Geschwindigkeit abhängt. Je schneller hin, desto schneller wieder zurück, und ist in der einen Richtung nichts mehr zu holen, geht man zurück und besinnt sich wieder auf Traditionelles und Bewährtes. Das wird dann so lange betrieben, bis man wieder nach Neuem lechzt und umkehrt. Usw.

Diese Theorie ist auf vielen Gebieten anzutreffen, beispielsweise in der Mode, wo die kräftigen Farben der 1950er bis 1970er immer wieder ausgegraben werden. Oder in der Unterhaltungsbranche, die nur so überquillt vor Retro-Shows. Auch die Automobilindustrie lebt diese Theorie und lässt große Namen der 1960er wieder auferstehen, wie Fiat den Abarth oder Renault den Gordini und plötzlich sehen Autos wieder aus wie damals, siehe Mini oder Fiat 500.

Da haben wir bereits die erste Verknüpfung zur Effizienz, denn es geht um Ertrag und Image. Sind in der einen Richtung die Ertragsressourcen ausgeschöpft, weil ein weiterer Schritt nicht mehr effizient wäre, muss ein neuer Weg eingeschlagen werden und der geht dann gezwungener maßen einen Schritt zurück. Ganz nach dem Gewinnmaximierungsprinzip. Die Zeit wird immer kurzlebiger, die Break Even Points dieser Welt müssen schneller erreicht werden und als effizient gilt nur, was schnelle Kohle bringt. Nachhaltigkeit scheint zum Fremdwort zu mutieren.

Die in der Einleitung angesprochene Wirtschaftskrise wäre eigentlich prädestiniert dafür gewesen, das Pendel in die Gegenrichtung ausschlagen zu lassen, doch man möchte nicht glauben, wie zäh Dummheit und Ignoranz sein können. Nach anfänglichem Aufschrei und Einigkeit in der Empörung über zu hohe Gehälter von Bankmanagern und Spekulanten geht fast alles wieder seine gewohnten Wege. Es kam zu demonstrativen Bauernopfern und die laufend neuen Leichen, die aus diversen Kellern ausgegraben werden, nehmen inzwischen gewohnte Formen an. Helmut Elsners Plastiksackerl mit den Konsum-Tausendern ist einfach nur zu früh aufgetaucht, denn im Vergleich zu den Bankenpleiten des Krisenjahres war in besagtem Sackerl nicht einmal ein schlechtes Trinkgeld. Und so muss selbiger im Gegensatz zu den Pleitemanagern im Häfen sitzen anstatt im südfranzösischen Mougins das savoir vivre zu zelebrieren. Pech gehabt.

Das einzige Pendel, das sichtbar in die Gegenrichtung ausgeschlagen hat, war jenes der Geldanlagen. Das noch wenige Monate vor Ausbruch der Krise von sogenannten Anlagespezialisten als konservativ und beinahe schon als senil belächelte Sparbuch erlebte während der Krise die absolute Reinkarnation. Plötzlich war es wieder en vogue, das eigene Vermögen auf einem Bankauszug zu lesen, als es aus Anteilen an

Bananenplantagen oder Baustellen in Dubai herzuleiten. Glauben Sie jetzt aber nicht, verehrter Leser, dass diese Anlagespezialisten inzwischen ihre Jobs wechseln mussten, nein, nein, die schreiben munter weiter ihre Ergüsse.

*

„Magdalena, schläfst du noch?", fragte Jesus ganz leise, um Magdalena nicht zu wecken.
„Mmhh, jetzt nicht mehr!", antwortete Magdalena knurrend. „Was ist los?"
„Ich kann nicht mehr schlafen", sagte Jesus in entschuldigendem Ton, „heut ist doch mein letzter Arbeitstag auf der Erde. Irgendwie bin ich aufgeregt, weil ich schon bald wieder nach Hause muss. Außerdem hatte ich einen komischen Traum. Ich wurde von einem Pendel erschlagen."
Magdalena schaute verschlafen auf die Uhr und murmelte: „Es ist noch nicht einmal sechs Uhr, Jesus. Lass' uns später darüber reden. Und überhaupt, warum sollte dich ein Pendel erschlagen?"
Jesus drehte sich wieder zur Seite und versuchte, seinen Traum zu deuten.

*

Lassen wir die beiden noch etwas schlafen und Jesus genug Zeit, seinen Traum zu deuten, bevor sie den

letzten Arbeitstag ihrer Reise beginnen. Der Menschenverstand und die Pendeltheorie sollen heute das Thema sein. Ein gutes Thema, wie ich meine, denn der Menschenverstand ist eine Eigenschaft, die das Leben wunderbar einfach machte, würde man sich seiner nur bedienen. Von Natur aus damit ausgestattet und im Kindesalter durchaus noch angewandt, verkümmert er meist im Laufe der Jahre durch die zunehmende Vergesellschaftung. Alles will analysiert und zerpflückt werden, anstatt einfach das zu tun, was der Menschenverstand für richtig hält. Nomen est omen, der Verstand versteht schon, was zu tun ist. Kurzes, logisches Denken und einfaches Handeln.
Leider wurde uns immer mehr beigebracht, das alles auf Wissen basiert. Wissen ist Macht (nichts wissen macht auch nichts, wie Otto Waalkes einst sagte). Allerdings wissen die meisten nicht, dass ihr Wissen nicht ausreicht und Halbwissen kann dann gefährlich werden. Oder zumindest peinlich, wie bei einer Demonstration in Wien, wo Christen lautstark dagegen protestierten, dass eines ihrer Kirchengebäude aus Mangel an Schäfchen einer anderen Religion, der serbisch-orthodoxen Kirche, überlassen werden sollte, da diese kein eigenes Gotteshaus hatten. Was sie nicht wussten war, dass serbisch-orthodoxe Christen eben auch Christen sind. Zuerst denken und dann reden, eine der Grundregeln des Menschenverstandes. Und wenn sie, verehrter Leser, ein bisschen in sich gehen, oder einfach nur bewusst ihre Umgebung beobachten, werden sie schnell feststellen, dass es täglich unzählige solcher Beispiele gibt.

Halbwissen ist gar noch gefährlicher als Nichtwissen, denn von etwas keine Ahnung zu haben, gesteht sich der

Mensch noch eher ein. Kaum jemand wird einem Chirurgen erklären, wie er einen Katheder zu legen hat oder einem Piloten Ratschläge erteilen, wie er sein Flugzeug ruhig landen kann. Das Schlimme am Halbwissen ist nämlich, dass der Halbwissende im festen Glauben lebt und handelt, Wissender zu sein und somit zumindest die Hälfte falsch macht. Vor allem aber macht uns Halbwissen so herrlich manipulierbar durch Menschen, die entweder mehr wissen, oder, was eher der Fall ist, unser Halbwissen gezielt ausnutzen. Und das sind vordergründig Politik und Werbung, wie wir am dritten Tag unserer Reise gesehen haben.

Nehmen wir beispielsweise meine Lieblingsbilanz, die CO_2 Bilanz, oder generell das Thema Umwelt. Eine herrliche Spielwiese des Halbwissens. Als ein Hauptverursacher der Umwelt- und speziell der CO_2 Belastung wird das Automobil herangezogen. Diese Behauptung basiert per se schon auf Halbwissen, da man die wahren Verursacher, wie etwa die Industrie, aus wirtschafts- und machtpolitischen Gründen in den Hintergrund stellen muss. Das Automobil bietet eine breite Angriffsfläche, Maßnahmen sind leicht festsetzbar, auch wenn sie keinen Nutzen bringen. Es werden Umweltzonen eingeführt oder Fahrverbote verhängt, obwohl es ausreichend Studien gibt, die belegen, dass diese wenig bringen. Der Effekt ist dann, dass die Menschen neuere Autos kaufen. Das bringt zwar der Umwelt nur bedingten Nutzen (die Fahrzeuge bleiben ja weiterhin im Bestand), der Wirtschaft hingegen einen umso größeren. Es gibt bis dato auch keine echten Alternativen zum herkömmlichen, umweltbelastenden

Verbrennungsmotor, nicht etwa, weil Techniker geschlafen, sondern weil Lobbys das verhindert haben.

Also nutzt man Halbwissen in der Werbung, indem man umweltfreundliche Fahrzeuge anpreist. Wie kann ein Fahrzeug umweltfreundlich sein? Es kann bestenfalls weniger umweltbelastend sein als ein anderes. Der Gipfel des Halbwissens in diesem Bereich ist dann mit der Hybrid-Lüge erreicht. Eine Mischtechnologie, bei der ein Elektromotor angeblich für emissionsfreies Fahren sorgt, nur dass dieses sich halt auf wenige hundert Meter beschränkt, die Technologie jedoch so viel Gewicht hat, dass der Treibstoffverbrauch in Summe zumindest gleich hoch ist, wie bei einem herkömmlichen Verbrennungsmotor. Ganz zu schweigen von der Umweltbelastung durch die Brennstoffzellen. In den Köpfen der Halbwissenden manifestiert sich jedoch, dass Hybridtechnologie umweltfreundlich sei und so können sie sich beruhigt ein 2,5 Tonnen SUV kaufen, das dank Hybrid nur 12 statt 12,5 Liter Treibstoff auf 100 Kilometer verbraucht. Wie leicht man sich Dinge einreden kann, die man ganz einfach wahr haben möchte.

Dieses „wahr haben" wollen ist überhaupt einer der größten Widersprüche zum Menschenverstand und weil es in der Schwäche der menschlichen Willensstärke begründet liegt, kann es leicht ausgenutzt werden. Ganze Wirtschaftszweige leben davon, wie etwa jener der Esoterik. Ein unheimlich komplexer Bereich in dem es zweifelsohne viele seriöse und durchaus ernst zu nehmende Ansätze gibt. Wirklich Geld verdient man jedoch eher mit den fadenscheinigen und oberflächlichen Konzepten. Der verehrte Leser gehe einmal in eine

Buchhandlung oder suche im Internet unter dem Esoterikbegriff, und er wird staunen, wie viel Lebensberatungsbücher es gibt. Wahrscheinlich noch mehr als Kochbücher! Und das, obwohl es den Menschen in den Ländern, wo diese Bücher zumeist verkauft werden, eigentlich gut geht. Da sind wir wieder bei den künstlich geschaffenen Bedürfnissen, frei nach dem genialen Buchtitel „Woran es liegt, dass sich der Einzelne nicht wohl fühlt, obwohl es uns doch allen so gut geht" des Helden aus der 1980er TV-Serie „Der ganz normale Wahnsinn".

Aber nicht, dass der verehrte Leser jetzt annimmt, die Kunden solcher Literatur stammten vorwiegend aus einer gesellschaftlichen Schicht, der nur eine einfache Schulbildung zuteil wurde und die daher leichter beeinflussbar wären. Weit gefehlt, wie ich selbst als Vortragender bei einer Veranstaltung ehemaliger Absolventen einer sogenannten Eliteuniversität kopfschüttelnd miterleben musste. Der Star dieser Veranstaltung war ein Trainer, dessen Vortrag eher der Show eines Gurus glich, und der die Massen mit einem Werk begeisterte, bei dem es frei übersetzt etwa darum geht, endlich zu leben zu beginnen. Ein marketingschwangerer Titel eines Buches, dessen Inhalt jedoch eher mit dem eines Heißluftballons vergleichbar ist. Nicht, weil es falsch wäre, was dort geschrieben steht, sondern weil es dermaßen selbstverständlich, ja beinahe banal ist, dass es eigentlich schade ist um die Zeit es zu lesen oder gar zu schreiben. So, als würde ich ausführlich das Thema zerpflücken, dass auf jede Nacht ein neuer Tag folgt. Der Hitzegrad der Luft, die da produziert wird, verläuft bestenfalls proportional zu den Einnahmen, die daraus erzielt werden. Mehr nicht.

Zu denken sollte uns aber nicht der geben, der diese leichte Kost schreibt, denn der ist bloß schlau genug, um damit viel Geld zu verdienen. Vielmehr bedenklich ist der Umstand, dass die Menschheit solche Literatur sucht, nicht unbedingt aus Dummheit, sondern eher aus Bequemlichkeit.

Der Wunsch, etwas in seinem Leben zu verändern, ist weit verbreitet, man denke nur an den immer wiederkehrenden Jahreswechsel mit seinen ebenso wiederkehrenden Vorsätzen. Die Umsetzung einer solchen Veränderung gestaltet sich da schon schwieriger, denn es bedarf einer Zielsetzung, einer Planung und eines starken Willens, nicht zu unterschätzen die Bezwingung des eigenen Schweinehundes. Da kommt solche Literatur natürlich gelegen, in der man Dinge liest, die dermaßen selbstverständlich sind, dass man sich schnell in seinen Handlungen bestätigt fühlt und somit im Glauben ist, etwas zu verändern, obwohl man das gar nicht tut. Man will es aber wahr haben und findet diese vermeintliche Wahrheit in einschlägigen Ratgebern. Eigentlich ein geniales Konzept, nur halt völlig inhaltslos.

*

Nun war es aber Zeit für unsere beiden, aufzustehen. Jesus war beim Versuch seinen Traum zu deuten wieder eingeschlafen und auch Magdalena knotzte nach Jesus' erfolglosem Versuch, sie mit der Erzählung seines

Traumes zu wecken, noch einige Zeit friedlich vor sich hin. Das Radio weckte sie mit aufdringlich lauter Werbung. Sie waren in Amerika, dem Land der unbegrenzten Möglichkeiten und des begrenzten Menschenverstandes. Ein wahrlich spannender Tag stand ihnen bevor, der mit einem landestypischen Frühstück in einem Fast-Food-Restaurant begann.

„Kein Wunder, dass Übergewicht hier ein zentrales Problem darstellt", war Jesus' wertfreier Kommentar zum Frühstück.

„Und der Kaffee ist ein Drama", ein weiterer.

Magdalena aß eher lustlos, aber schweigend ihr Schaumgummifrühstück und ließ sich zur Verwunderung ihres Begleiters sogar noch Kaffee nachschenken.

„Du hast heute morgen irgendwas von einem Traum mit einem Pendel erzählt", erkundigte sie sich bei Jesus, „was war das denn für ein Unsinn?"

„Ich wollte dich nicht wecken", entschuldigte sich Jesus bei ihr, „aber die Geschichte ließ mich nicht los, schließlich bin ich schweißgebadet aufgewacht."

„Wie kommst du auf ein Pendel?"

„Erinnere dich an meine Theorie mit dem Pendelschlag. Du meinst ja, man könnte es leichter haben auf der Welt, würde mein Vater die Dummheit abschaffen. Ich hingegen behaupte – da das mit der Dummheit wohl nicht funktionieren wird – dass es ein Selbstregulativ gibt und jede Situation wie ein Pendel in die Gegenrichtung ausschlägt, sobald sie in ihrer Dummheit voll ausgereizt ist. So ist sichergestellt, dass nichts vollkommen idiotisch wird."

„Und so einem Pendel bist du in die Quere gekommen", lachte Magdalena.

„Ich glaube, dass ich es vor lauter Eifer, die Welt zu verbessern, beschleunigen wollte und dabei wohl die Kontrolle darüber verloren habe. Wahrscheinlich soll man der Entwicklung ihre Zeit geben und darf nichts überstürzen."

„Die Worte eines über 2000-jährigen. Damals hattet ihr noch Muße!", schüttelte Magdalena den Kopf.

„Wir hatten damals auch unseren Stress, nur war er eben anders als heute", versuchte Jesus sich zu rechtfertigen.

„Jedenfalls kannst du dein Pendel hier gleich einsetzen, denn du wirst dich in hohem Maße mit Künstlichem, Gekünsteltem und mit Doppelmoral konfrontiert sehen. Und es wird Zeit, dass sich das ändert."

Nachdem die beiden ihr Frühstück ohne nennenswerte Magenbeschwerden beendet hatten, machten sie sich auf den Weg und spazierten herum, um sich ein Bild von ihrer Umgebung machen zu können. Magdalena fotografierte schon beinahe soviel wie ein Japaner.

Jesus fiel auf, dass zwar viele Menschen unterwegs waren, doch die Mehrzahl war mit sich selbst beschäftigt. Viele rannten auf den Boden starrend durch die Straßen, einige tippselten verbissen auf ihren Smartphones, andere gingen zwar nebeneinander, weil sie offenbar zusammen unterwegs waren, doch sie redeten nicht miteinander, sondern jeder für sich durch sein Telefon. Vor allem aber spielten fast keine Kinder im Park und die wenigen Jugendlichen, die er sah, machten am Heimweg von der Schule Halt auf einer Bank, vertieft in ihre Laptops.

„Was suchst du da drinnen so verbissen?", gab sich Jesus schließlich einen Stoß und fragte einen Plasmaschirmgucker.

„Hey, Mann, ich schieße mich in immer höhere Levels, cool, ah?, antwortete ihm ein baseballmützchenbekappter Jüngling, bleich wie Tapetenkleister, weil er immer der Sonne ausweicht.
„Und was hast du dann davon?", wollte Jesus wissen.
„Na, dann bin ich ganz oben, Alter", kam es zurück.
„Das ist gut, dort ist es schön, da komme ich nämlich her von ganz oben", meinte Jesus etwas naiv.
„Du kommst also von ganz oben?", wollte der kleine Mützenständer wissen: „Das ist cool, wirklich cool. Du bist echt durchgeknallt, Alter. Schneide mal bei mir und meinen Facebook Freunden rein, dann chatten wir einen ab."
„Mach ich gerne, Kleiner. Was soll ich mitbringen?", fragte Jesus.
„Mitbringen? Alter du bist echt fett!", lachte der Kleine.
Nun war es für Magdalena Zeit, ins Geschehen einzuschreiten. Sie nahm Jesus an der Hand, zog ihn weg und verabschiedete sich vom Laptoper mit einer lässigen Handbewegung. Danach klärte sie ihn über die Medien der Neuzeit auf, was ein längeres Unterfangen werden sollte.
„Heißt das, dass die Menschen sich gar nicht mehr in die Augen schauen, wenn sie miteinander kommunizieren, keine Gesten und kein Lächeln dabei sehen können?", fragte Jesus voller Unverständnis. „Die nonverbale Kommunikation ist doch mindestens genauso wichtig. Die kann man ja fühlen."
„Ja, leider. Heute reden die Menschen nur noch wenig miteinander und wenn, dann meistens aneinander vorbei. Selbst wenn sie in angrenzenden Büros sitzen, schreiben sie sich Mails, sie telefonieren nicht einmal miteinander, geschweige denn, sie gehen drei Schritte, um ein

persönliches Gespräch führen zu können", klärte Magdalena ihn über die moderne Arbeitswelt auf.
„Das ist ja völlig ineffizient."
„Sie halten es allgemein für effizient, weil es schneller geht, einige Worte zu schreiben, als mehrere miteinander zu plaudern."
„Das halte ich für einen Trugschluss. In einem persönlichen Gespräch, auch wenn es etwas länger dauert, können oft mehr Dinge geklärt werden, als in kurzen Mails, da man gleich merkt, ob alles verstanden wurde und sich dadurch das Nachfragen erspart. Oder noch schlimmer, falsches Handeln, weil man eben nichts verstanden hat. Abgesehen davon, dass ein persönliches Gespräch, vor allem wenn es mit einem Lächeln endet, auch immer etwas Motivierendes hat, weil es der Seele gut tut."
„Sag es ihnen halt, Herr Professor", wurde Magdalena zynisch.
„Wieso ich? Das werden die wohl in der Schule lernen."
„Nein, Jesus, in der Schule lernen sie das nicht. Dort lernen sie bestenfalls, wie man einen Computer bedient, um Mails schreiben zu können."

*

Mit der Bildung ist das überhaupt so eine Sache, da könnten unsere Reisenden locker noch einen ganzen Tag anhängen, um sich dieses Themas anzunehmen. Es gibt ja unzählige Publikationen dazu, und die Inhalte sind ebenso unterschiedlich wie deren Autoren. Jene, die in ihrem Leben „Bildung" erfahren haben, heben die

Bedeutung humanistischer Gymnasien und Universitäten hervor, was hingegen andere, die eine „Ausbildung" abschlossen, mit der klassischen Frage „Was soll mir das bringen?" abtun.

Und da klafft sie schon, die Lücke zwischen Bildung und Ausbildung. Schlägt man im Wörterbuch nach, findet man unter dem Begriff *<Bildung>*: „das Bilden, das Gestalt annehmen, das Sich-bilden, die Formung von etwas". Hingegen wird der Begriff Ausbildung mit „Erlernen eines Berufes" und „Ausprägung/Entwicklung/Gestaltung einer physischen Eigenschaft" beschrieben. Beides hat natürlich seine Berechtigung und verdient dasselbe Maß an Anerkennung.

Im Grunde sind diese Definitionen selbsterklärend. Während Bildung etwas Interaktives, Vernetztes, Komplexes und durchaus Langfristiges darstellt, ist Ausbildung eher kurzfristig ausgerichtet, dafür zielgerichtet, fragmentarisch und scheinbar effizient. Der gebildete Mensch verfügt nicht nur über ein umfangreiches Allgemeinwissen (dessen Nutzen oft mit o.a. Fragestellung angezweifelt wird), sondern zeichnet sich mit hoher Wahrscheinlichkeit auch dadurch aus, dass er eben „Gestalt angenommen" hat, sprich er hat einen ausgeprägten Charakter geformt, seine Identität gefunden, kann Ziele definieren und Zusammenhänge erkennen, er formuliert seine eigenen Prinzipien, Ansichten und Meinungen und erhält dadurch Selbständigkeit, Mündigkeit, vor allem aber Selbstbestimmung. Ein unbequemer Zeitgenosse also, der sich nicht gerne ein „X" für ein „U" verkaufen lässt und durchaus nachdenkt über die Kost, die ihm von anderen vorgesetzt wird.

Und damit jetzt keine Missverständnisse aufkommen: „gebildet" nach o.a. Definition kann jeder sein, nicht nur jene, die man als „ewige Studenten" bezeichnet. Nur gibt es durchaus Studien, die belegen, dass während einer längeren, umfangreicheren (Aus)bildungszeit eben mehr Zeit bleibt, sich selbst zu formen. No na net. (In Deutschland ist das beispielsweise zu beobachten, wo die Reduktion der Schulzeit bis zur Maturareife um ein Jahr gekürzt wurde, weil man damit auf das schlechte Abschneiden bei der PISA-Studie reagieren wollte).

In unserer schnelllebigen Zeit werden hingegen eher jene bevorzugt, die zu bestimmten Zwecken ausgebildet werden, damit sie leichter politisch manipulierbar bleiben und wirtschaftlich gefügig gemacht werden können. Sie sollen nicht denken, sondern tun, und das nicht selbst- sondern fremdbestimmt. Diese These ist bewusst provokant formuliert, doch will ich sie im Folgenden näher zu erläutern versuchen.

Sieht man sich wertfrei an, wie heute mit Wissen umgegangen wird, kann nicht verleugnet werden, dass es beinahe wie eine Ware behandelt wird. Jenes Wissen, das gerade notwendig ist, wird vermittelt und angewandt, danach wird es wieder vergessen und ein anderes Wissen steht im Vordergrund des Interesses. So, als würde es einem Trend folgen, wie ein Paar Schuhe, das heute en vogue ist und morgen wieder out. Was aber, wenn man den Trend verpasst? Wissen als situatives Objekt und nicht als Basis. Und genau darin liegt das Übel, es fehlt an der Basis. Es fehlt am Basiswissen, so als würde man ein Haus nicht beim Fundament zu bauen beginnen, sondern im dritten Stockwerk, um dann vielleicht direkt in den fünften Stock zu gelangen. Ohne Fundament wird jedoch jedes Haus früher oder später einstürzen, so wie man ohne Basiswissen, also einer gewissen Bildung, irgendwann nicht mehr weiter kommt.

Wissen muss aber komplexer gesehen werden. Nehmen wir beispielsweise den Lateinunterricht. Wenn schon eine Sprache, dann eine lebende, eine, in der ich mich mit anderen unterhalten kann, die mir etwas bringt, von mir aus Spanisch oder gar Chinesisch, aber Latein? Der verehrte Leser möge mir glauben, diese Frage habe ich mir in den sechs Jahren meines Lateinunterrichtes nicht nur einmal gestellt. Und als ich mir dann die letzte, damals dreistündige Lateinschularbeit auf spektakuläre Weise „erarbeitet" hatte und somit nie wieder Latein lernen musste, da ich in Französisch maturierte, dauerte es nicht lange, bis ich den Großteil meiner Lateinkenntnisse vergessen hatte. Heute schaffe ich es gerade noch, alte Weisheiten wie „Non scholae, sed vitae discimus" zu übersetzen, oder ein „Ave Caesar, morituri te salutant" aus Asterix zu zitieren (wobei diese Zitate ohnehin immer in einer Fußnote übersetzt werden), und ich weiß, dass Volvo kein schwedischer Name ist, sondern aus dem Lateinischen kommt und „ich rolle" heißt (wohl deshalb, weil diese Dinger tatsächlich unverwüstlich sind und ewig fahren). Wofür habe ich also bei so vielen Schularbeiten vor Angst geschwitzt und Jahre nach meiner Matura noch Albträume wegen Lateinstunden gehabt. Keine Ahnung, wenn man nur den direkten Zusammenhang mit der Sprache an sich sieht. Im Laufe meines Studiums, meines Berufslebens aber auch im Alltag habe ich vieles, was ich im Lateinunterricht gelernt habe, völlig unbewusst Tag für Tag verwendet. Man versteht viel mehr Fremdwörter und Begriffe, weil man sie aus dem Lateinischen herleiten kann, vor allem aber lernt man analytisches Denken. Man übersetze einmal einen Satz, der achtzehn Zeilen lang ist. Da muss erst einmal das Verb gefunden werden, dann der Hauptsatz und schließlich der Versuch, alle Nebensätze richtig zuzuordnen, damit man ansatzweise versteht, worum es dabei geht. Und dieses Analysieren und in Einzelteile Zerlegen ist weit schwieriger, als Vokabel auswendig zu lernen.

Das Aneignen von Wissen darf man nicht situationsbezogen betrachten, es muss immer in seiner Gesamtheit verstanden werden. Kurzfristiges Reproduzieren ist keine Kunst, es geht um das Herleiten und Erkennen von Zusammenhängen und dazu reicht fragmentarisches Wissen einfach nicht aus. Darin sehe ich auch das Problem der immer stärker boomenden Fachhochschulen. Diese mögen eine durchaus fundierte Ausbildung in einer bestimmten Fachrichtung gewährleisten, doch ohne Allgemeinbildung kann dieses Fachwissen nie übergreifend eingesetzt werden. Und das ist völlig ineffizient, auch wenn Fachhochschulen wegen der kurzen und intensiven Studiendauer als besonders effizient gelten.

Ich erinnere mich in diesem Zusammenhang an meine erste Diplomprüfung an der Universität. Es war Soziologie und mein Studienkollege und ich konnten nicht jede Frage des Professors gänzlich beantworten, versuchten aber bei den Antworten auf Themen umzuleiten, zu denen wir mehr wussten. Der Professor durchschaute es zwar, ließ uns jedoch walten und beendete die Prüfung schließlich mit den Worten. „Meine Herren, Sie haben einige Wissenslücken, aber Sie können hervorragend damit umgehen. Ich schließe sie mit Sehr Gut ab!" Diese Beurteilung fasziniert mich bis heute, denn sie zeigt, dass man vielleicht nicht immer alles beantworten kann, ist jedoch die Basis des Wissens und der Bildung groß genug, findet man dennoch eine Lösung. Es sollte übrigens während meines gesamten Studiums das einziges Sehr Gut auf eine Diplomprüfung bleiben.

So gesehen hatte ich also keine besonders guten Noten, eher Durchschnitt. Aber ich bekam Noten, und das ist gut so, denn wie sollte man die erbrachte Leistung sonst reflektieren können. Die immer wieder angezettelte Diskussion über die Abschaffung der Noten halte ich für überflüssig, denn die Schwachpunkte der Bildungspolitik liegen ganz wo anders und dürfen nicht auf solche Unwichtigkeiten abgelenkt werden. Bildung und Allgemeinwissen sowie das Erkennen von Zusammenhängen sollten vielmehr Einfluss nehmen auf die Benotung und weniger das unkreative Reproduzieren dessen, was der Professor hören will. Wir brauchen Noten in jenem Stil, wie es mein Soziologieprofessor im o.a. Beispiel getan hat, und das sage ich jetzt nicht nur deshalb, weil ich sonst kein einziges Sehr Gut auf eine Diplomprüfung gehabt hätte. Eine Generation, die gelernt hat zu verstehen, die selbständig denken und handeln kann, täte der Zukunft unseres Daseins besser als ein Haufen reproduzierender Reagenzler.

In unserer blendungsorientierten Gesellschaft wird Wissen auch als Value Added gehandelt. Als Zusatznutzen, um heller blenden zu können als andere. Und dabei geht es nicht um Wissen des Wissens wegen, sondern um so tun zu können als ob, sprich man muss nicht tatsächlich wissen, sondern braucht nur die äußeren Attribute. Anders ist wohl kaum zu erklären, warum immer mehr wissenschaftliche Arbeiten wie Diplomarbeiten oder Dissertationen von Ghostwritern verfasst, oder überhaupt einfach von anderen abgeschrieben werden. Eine Doktorarbeit dient also mehr der Erlangung eines akademischen Titels anstatt der von Wissen. Quo vadis, universitas? Ich erinnere mich an ein laut ausgesprochenes „spondeo" bei meiner Sponsion! Doch diese Wertschätzung scheint verloren zu gehen, denn Plagiate stehen hoch im Kurs, bringen aber auch immer mehr Betroffene zu Fall. Und der ist dann oft tiefer als der vermeintliche Aufstieg zuvor.

Wissen als Ware, die je nach Bedarf und Nachfrage gestaltet wird. Eine Modeerscheinung, ähnlich einem Paar Schuhe. Heute dieses, morgen jenes Modell. Ein gefährlicher Ansatz, der nicht ganz aus der Luft gegriffen scheint. Der Mensch eignet sich Wissen nicht nur in Bildungsstätten an, sondern auch im Selbststudium, beispielsweise durch Lesen von Büchern oder aber aus den Medien. Und hier lauert die Gefahr, denn das Lesen dicker Bücher wird ob ihrer Ineffizienz oft ersetzt durch das Überfliegen kurzer Artikel selbsternannter Experten in diversen Medien oder gar durch die Berieselung vermeintlicher Fachreportagen im Fernsehen. Ganz zu schweigen vom Internet mit dessen Hilfe nahezu jeder Schwachsinn der Menschheit offenbart werden kann.

Denn wer schreibt diese sogenannten Fachartikel? Gebildete oder Ausgebildete? Fundierte oder selbsternannte Experten? Und zu welchem Zweck – echte Wissensvermittlung oder doch eher Auflagen- und Quotendruck? Wissen ist vielleicht Macht, doch Geld reagiert immer noch die Welt, auch wenn das unserem als Tourist getarnten Besucher nicht gefallen wird.

*

„Ganz ehrlich Magdalena, irgendwie möchte ich wieder abreisen", fühlte sich Jesus im Land der Doppelmoral nicht besonders wohl. „Das was hier abläuft ist mir zu viel für einen Tag, vor allem das ganze Chaos mit den Finanzmärkten und -spekulanten ist mir suspekt. Das stinkt bestimmt bis zu mir nach Hause. In einem Land, das selbst über beide Ohren verschuldet ist, urteilen Ratingagenturen willkürlich über die wirtschaftliche Situation andrer Länder und beeinflussen damit deren Schicksal. Wie dumm sind die Menschen, dass sie so etwas einfach hinnehmen?" Dieses Land hätte besser unentdeckt und im Besitz seiner Ureinwohner bleiben sollen. Außer einigen dämlichen Trends und ein paar ebensolchen Hollywood-Filmen hätte die Welt wohl nichts versäumt."

Tag 7 – Jesus und der Lodenmantel

Am siebten Tage sollst du ruhen. Ein wunderbares Gebot, dem Jesus nach der anstrengenden Woche nur zu gerne entsprach. Bevor es wieder heimwärts ging, wollte Jesus sich und seiner Begleitung noch etwas ganz besonderes gönnen. Es war ihm zu Ohren gekommen, dass es auf der Erde ein Fleckchen gibt, das in seiner Pracht dem Himmelreich schon sehr nahe kommen soll, und davon wollte er sich natürlich selbst ein Bild machen. Eine wunderbare Landschaft, die den Nährboden liefert für hervorragende Weine und andere Köstlichkeiten wie saftige Äpfel oder das sagenumwobende Kürbiskernöl: Die Steiermark. Gott wollte sich damit wohl ein Denkmal setzen.
Im Süden Österreichs gelegen ist diese Landschaft nicht nur für seine Schönheit und seine kulinarischen Schätze bekannt, sondern auch für seine Gemütlichkeit. Die Leute fühlen sich wohl hier, und das merkt man auch.

Da die Zeit knapp war und die beiden möglichst viel sehen wollten, hatten sie für den letzten Tag ein straffes Programm zusammengestellt. Sie begannen den Tag mit einem Frühstück in der Hauptstadt Graz am Schlossberg, nicht weit vom Uhrturm, dem Wahrzeichen der Stadt, mit einem herrlichen Blick über die einzigartige Dachlandschaft dieser Kulturhauptstadt. Die Menschen waren so freundlich und das obwohl Jesus eindeutig als deutscher Tourist zu erkennen war.
„Hier werden halt noch alle Menschen gleich behandelt", lobte er seine steirischen Schäfchen, „es ist ja wirklich

beinahe wie im Himmel." Jesus fühlte sich sichtlich wohl.

„Beruhige dich wieder", versuchte Magdalena seine Begeisterung etwas zu bremsen, „wir müssen uns außerdem beeilen, damit wir unser dichtes Programm durchbringen. Du wolltest doch noch ein paar Flaschen Kernöl mitnehmen, also auf in die Südsteiermark."

Doch Jesus ließ sich nicht hetzen und genoss seelenruhig die herrliche Aussicht.

„Aber ein bisschen dunstig ist es hier schon", zeigte er sich dann doch von der Grazer Luftqualität enttäuscht.

„Sieh dich um, Jesus. Graz liegt wunderbar eingebettet in einer Kessellage. Das hat natürlich zur Folge, dass die Abgase aus Verkehr, Industrie und Haushalten nicht ausreichend abziehen können. Nichts ist eben perfekt, nicht einmal Graz."

„Da magst du ja recht haben, aber dieses Problem muss doch zu lösen sein", gab sich Jesus optimistisch.

„Das ist nur ein weiteres Beispiel dessen, was wir diese Woche erlebt haben, Jesus."

Tatsächlich gibt es Studien, die besagen, dass der Grazer im Durchschnitt ein um 11 Monate kürzeres Leben in seiner Heimatstadt genießt, weil ihm der Feinstaub so zu schaffen macht. Nun ist bei derartigen Studien im Normalfall Vorsicht geboten, doch ist ein Luftgüteproblem in Graz nicht von der Hand zu weisen. Dieses ist der Bevölkerung und der Politik auch durchaus bewusst, doch wird es leider auch in Graz für politisches Kleingeld missbraucht, anstatt es zu lösen. Wie schon am dritten Tag unserer Reise kennen gelernt, kann eine politische Partei einen guten Vorschlag einer anderen nicht akzeptieren, ist er auch noch so gut. Würden alle

Volksvertreter ihrer Bezeichnung gerecht werden, könnten die Grazer beinahe wirklich im Paradies leben.

Nehmen wir zum Beispiel den größten Luftverschmutzer, den Hausbrand. Die Leute wollen es warm haben und das ist auch gut so. Die Frage ist nur, wie sie einheizen und da entdeckt man noch viele alte Heizsysteme deren Erneuerung gefördert werden sollte. Beliebt ist hierbei die Fernwärme, doch auch in der Ferne muss die Wärme irgendwie erzeugt werden, und da stellt sich natürlich die Frage, warum dies mit teuer importierten, fossilen Brennstoffen getan werden muss. Ganz ohne die wird man vielleicht nicht auskommen, doch man könnte zumindest versuchen deren Einsatz auf ein Minimum zu reduzieren. In vielen anderen Städten bewähren sich dazu Müllverbrennungsanlagen, die damit drei Fliegen mit einer Klappe erschlagen. Erstens wird die erwünschte Wärme geliefert, zweitens muss der Müll nicht teuer gelagert werden und drittens trägt dieses System zu einer verbesserten CO_2-Bilanz (der verehrte Leser kennt inzwischen meine Lieblingsbilanz) bei, da der Müll nach der fachgerechten Sortierung eben verbrannt und nicht mit tausenden LKW Fuhren weggeführt werden muss.

Über eine Müllverbrennungsanlage traut sich aber keine Partei d'rüber, da massiver Widerstand der unzureichend informierten Bevölkerung und damit einhergehender Stimmenverlust befürchtet werden. Also stürzt man sich über Österreichs liebsten Sündenbock, das Automobil, das neben dem Rauchen von Zigaretten die zweite der modernen Todsünden darstellt.

Dass sich die Menschheit im 21. Jahrhundert immer noch mit einer über 100 Jahre alten Motorentechnik

fortbewegt, gehört sicher zu den größten technischen Peinlichkeiten, liegt aber weniger in der Unfähigkeit der Techniker begründet, als vielmehr an der Korruptheit der Öllobby und der vielen davon Profitierenden.
Sei's drum, das Auto stinkt und muss so gut es geht raus aus der Stadt. Vom Grundgedanken gut, in der Durchführung leider stümperhaft, denn anstatt Fahrzeuge, die Dienstleistungsfahrten durchführen (Post, Taxi, etc.), durch umweltfreundliche Antriebe zu ersetzen (und damit meine ich nicht die Hybridlüge), denkt man über ein Fahrverbot in der halben Stadt nach. Es sei die Frage erlaubt, was das bringen soll, wenn dann alle Autos in der anderen Hälfte der Stadt fahren und stinken.
Nicht minder spannend ist der sogenannte Feinstaubhunderter, ein elektronisches Messsystem, das auf Autobahnen rund um Graz das Geschwindigkeitslimit auf 100 km/h reduziert, sobald ein Feinstaubgrenzwert überschritten wird. Ist dieser unterschritten, darf man schneller fahren, um damit möglichst schnell wieder viel Feinstaub zu erzeugen. Es lebe die Logik!

„Genug philosophiert, Jesus. Wir müssen jetzt wirklich aufbrechen. Zahlen bitte!", wurde Magdalena schon ungeduldig. Und Jesus gehorchte brav.

Nach einem kurzen Spaziergang durch die als Weltkulturerbe geschützte Altstadt von Graz wollten sie gerade zurück zum Wohnbus gehen, als Jesus plötzlich von einem donnernden Geräusch erschrak.
„Was in meines Vaters Namen ist das denn! Fährt da ein Zug direkt durch die Innenstadt?", fragte er entsetzt.

„Nein Jesus, das sind die neuen Grazer Straßenbahnen, genannt Variobahn. Und du hast recht, anderswo werden sie als Züge eingesetzt", klärte Magdalena ihn auf.
„Und warum dann ausgerechnet in dieser lieblichen Innenstadt als Straßenbahn?"
„Nun, logisch kann das keiner begründen, aber es wird sicher Leute geben, die davon profitiert haben. Erinnere dich an den dritten Tag unserer Reise."

Endlich fuhren sie dann los in Richtung Südsteiermark. Eine liebliche Landschaft, weich und geschmeidig, umhüllte die Reisenden, die vor lauter Staunen während der ganzen Fahrt kein Wort miteinander redeten. Schließlich machten sie Halt in einer Buschenschank und labten sich mit einer zünftigen Brettljaus'n, dazu ein Käferbohnensalat mit viel Kernöl, Kren und Zwiebel. Ein kulinarischer Hochgenuss, abgerundet mit einem Vierterl steirischem Welschriesling.
„Wie kann man so was nur als Völlerei verurteilen?", fragte Jesus, „reinste Produkte, direkt von Mutter Natur. Und kein Wasser der Welt hätte ich zu so vorzüglichem Wein machen können. Einfach herrlich!"
Magdalena, die als Irdische schön öfter hier gegessen hatte, konnte Jesus' Begeisterung zwar verstehen, schüttelte aber dennoch den Kopf ob seiner ungebremsten Euphorie.
„Habt ihr denn da oben nichts Gescheites zu essen?", fragte sie.
„Aber natürlich, antwortete Jesus. Und es schmeckt beinahe so gut wie hier. Himmlisch!"
Nach der Jause besorgten sie noch einige Flaschen Kernöl zum Mitnehmen und machten sich rasch auf den Weg in die steirische Thermenregion, um noch ein wenig

auszuspannen, bevor es hieß, Abschied voneinander zu nehmen und Jesus sich auf den langen Heimweg machen musste.

Auf dem Weg dorthin durchquerten sie üppige Weinberge, fuhren noch einmal durch Graz und mündeten dann in die steirische Apfelstraße, über die sie schließlich zu einer der vielen beliebten Thermen gelangten.

Dort entspannten sie bei angenehm warmem Thermalwasser und nachdem sie ein letztes Mal die herrliche steirische Landschaft in Gedanken vorüberziehen ließen, zogen sie gemeinsam Bilanz über die abgelaufene Woche, in der sie vieles gesehen und erlebt hatten.

„Das war schon eine spannende Woche!", meinte Jesus.
„Kann man wohl sagen!", erwiderte Magdalena. „Und, hast du einen Einblick bekommen, was schief rennt in deiner Herde?"
Jesus lehnte sich bequem in seinem Liegestuhl zurück und resümierte:
„Eigentlich ist es gar nicht so schlimm, wie ich dachte. Ich gebe dir Recht, am einfachsten wäre es, die Dummheit abzuschaffen. Dazu ist es aber zu spät, das hätten wir ganz am Anfang tun müssen. Egal, im Nachhinein ist man immer gescheiter. Ich denke, es ist gar nicht notwendig, so radikal vorzugehen. Wahrscheinlich reicht es, wenn die Menschen weniger ignorant sind. Heute wird ihnen ja alles vorgekaut, sie brauchen fast keine Entscheidungen mehr zu treffen und verlernen so das selbständige Denken. Dadurch verkümmert auch die Aufmerksamkeit für kleine Dinge des Lebens und somit auch für die Mitmenschen."

„Und hast du eine Idee, wie du es umsetzen wirst?", wurde Magdalena neugierig.

„Ich denke schon", ließ Jesus sich keine Details entlocken.

Zwar wollte Magdalena mehr in Erfahrung bringen, aber sie hatte ein gutes Gefühl, denn sie vertraute Jesus. Er wusste bestimmt, was zu tun war und er würde es auch zuvor mit ihr besprechen.

„Wie viel Zeit bleibt uns heute noch?", fragte sie vorsichtig.

„Ich habe keinen Stress. Möchtest du noch ein Gläschen Steirischen Sauvignon blanc trinken und dazu ein paar Happen von dem herrlichen Schinken aus dem Steirischen Vulkanland naschen?", schlug Jesus vor. „Ich fühle mich übrigens jedes Jahr geehrt, wenn ihr diesen Leckerbissen zu Ostern mir zu Ehren segnen lasst."

„Das ist eine gute Idee und ein würdiger Abschluss dieses wunderschönen Tages in der Steiermark", zeigte sich Magdalena begeistert.

Und so landeten die beiden bereits zum zweiten Mal an diesem Tag in einer Buschenschank um der Steirischen Kulinarik zu erliegen. Doch obwohl es ein netter Abend war, konnten sie ein Gefühl der Traurigkeit ob des gnadenlos näher rückenden Abschiedes nicht unterdrücken. Immer wieder hielten sie kurz inne, saßen nur still da, drückten sich fest die Hände und hatten Tränen in den Augen. Schließlich standen sie auf und gingen in Richtung Wohnbus, der vorschriftsmäßig aber beinahe romantisch unter einer Laterne mitten am Dorfplatz geparkt war. Der Lichtstrahl ließ den alten Lack glänzen, so als kämen all die Spuren zum Vorschein, die diese Reise hinterlassen hatte.

„Jetzt ist es wohl tatsächlich Zeit, Abschied zu nehmen", sagte Magdalena mit leicht gebrochener Stimme. Der Abschied fiel ihr sichtlich schwer. „Ich habe diese Woche mit dir sehr genossen, Jesus."
„Ich habe diese Woche auch sehr genossen und ich danke dir nochmals für deine Hilfe. Ohne dich hätte ich vieles wohl nicht verstanden. Du warst ein toller Reiseführer und trotz der vielen Arbeit hatten wir richtig Spaß miteinander. Es ist sehr schön hier auf der Erde und mit all dem Wissen, das wir hier gesammelt und in meinem Reisebericht „Die Effizienz in der Pendeluhr – oder wie der Menschenverstand aus derselben erwacht" niedergeschrieben haben, werde ich gleich nach meiner Rückkehr mit meinem Vater sprechen. Ich bin davon überzeugt, dass wir nur kleine Korrekturen vornehmen werden müssen, um die Menschen wieder auf den rechten Weg zu bringen. Ich bin sicher, dass der Menschenverstand wieder erwachen wird. Und vielleicht komme ich ja noch mal hier her wegen der Umsetzung, und dann sehen wir uns bestimmt wieder. Wahrscheinlich brauche ich dann ohnehin wieder deine Unterstützung."
„Das würde mich sehr freuen", erwiderte Magdalena mit hoffnungsvollem Funkeln in ihren himmelblauen Augen. Trotz der Tarnung als deutscher Tourist war Jesus ein ausdrucksstarker Mann, und das war auch an Magdalena nicht spurlos vorübergegangen. Ein bisschen hat sie sich schon verliebt. Aber sie konnte sich ja zumindest den Wohnbus als Erinnerung behalten. Und ein Renault Trafic, den Jesus gefahren hat, ist viel wertvoller als ein VW Golf, der auf den Papst zugelassen war, vor allem

aber würde sie ihn um kein Geld der Welt im Internet versteigern.

„Ich habe noch ein kleines Geschenk für dich, Jesus. Da dir die Steiermark so gefallen hat, dachte ich mir du freust dich bestimmt über einen echt steirischen Lodenmantel. Und wenn dir einmal kalt wird im Himmel, hast du etwas Warmes zum Anziehen."

„Der ist ja Weltklasse!", freute sich Jesus und probierte ihn gleich an. Er stand ihm wirklich gut. Mit Hut hätte man ihn für Erzherzog Johann halten können.

„Wenn ich ihn anziehe, wird mich nicht nur der Loden wärmen, sondern auch die Erinnerung an die himmlische Steiermark und an die Zeit mit dir. Vielen Dank Magdalena. Papas Segen begleite dich."

Sie umarmten sich noch einmal, dann nahm Jesus seine Kernölflaschen und verschwand langsam am Horizont. Magdalena blieb noch eine Weile stehen, wischte sich die Tränen von den Wangen und ging zurück zum Wohnbus. Sie breitete die nassen Badesachen über der Essecke auf, legte eine STS-CD ein und fuhr nach Hause. Nein, nicht nach Fürstenfeld.

5.) Jesus ist heimgekommen

Da stand Jesus nun wieder daheim vorm Himmelstor, schick in seinem Lodenmantel gekleidet und mit zwei Flaschen Steirischem Kernöl in den Händen. Petrus hätte ihn beinahe nicht erkannt.
„Wir haben heute keinen Termin mehr", sagte Petrus verwundert nachdem er nochmals seine Eingangsliste für den heutigen Tag durchgesehen hatte.
„Ich brauche keinen Termin, ich wohne hier", antwortete Jesus lachend, „ich bin's. Jesus. Erkennst du mich nicht?"
„Entschuldige, Jesus. Ich habe so spät nicht mehr mit dir gerechnet und dachte, du hättest deine Mission verlängert."
„Wäre wahrscheinlich notwendig gewesen bei dem Durcheinander da unten. Nein, der letzte Tag war sehr schön und den wollte ich möglichst lange auskosten. Ich war nämlich in der Steiermark und hatte noch einen wunderbaren Abschiedsabend. Hier, ich habe dir echt Steirisches Kernöl mitgebracht" Jesus überreichte Petrus das Mitbringsel.
„Vielen Dank, Jesus. Ich liebe es, das schwarze Gold!", zeigte sich Petrus sichtlich erfreut. Schließlich war er in letzter Zeit aufgrund seiner Espresso-Kapsel Missionen auf der Erde durchaus auf den Geschmack irdischer Genüsse gekommen.
„Solltest du dein weißes Gewand oder ein Wölkchen mit Kernöl anpatzen, brauchst du es nur in die Sonne zu legen, das bleicht aus", klärte Jesus seinen Pförtner auf, „und Sonne haben wir hier oben ja genug."

„Dein Vater ist schon zu Bett gegangen. Auch er hat so spät nicht mehr mit dir gerechnet", wich Petrus den Weisheiten des Heimkehrers aus.

„Das macht gar nichts, ich werde noch ein Gläschen Wein trinken und die Erlebnisse der letzten Woche Revue passieren lassen. Morgen beim Frühstück erzähle ich euch dann alles. Gute Nacht, Petrus." Jesus drückte Petrus noch einen dicken Kuss auf die Wange.

„Wird gut sein, wenn du deinem Vater endlich Bericht erstattest. Er war ob seiner Neugierde in den letzten Tagen schon etwas nervig. Auch dir eine gesegnete Nacht, Jesus."

Jesus ging leise in sein Zimmer, um seinen Vater nicht zu wecken. Gott hatte nämlich einen leichten Schlaf, weil er ja immer einsatzbereit sein musste für seine Schäfchen. Dort packte er seine Sachen aus und hängte seinen Lodenmantel stolz in den Kleiderschrank. Beim Gedanken an Magdalena lag ein Lächeln auf seinen Lippen. Hatte er sich etwa verliebt? Dann machte er es sich auf seiner Couch bequem, zündete sich eine Zigarette an und ließ den abgelaufenen Tag wieder und wieder Revue passieren. Schließlich griff er nach seiner Gitarre und zupfte noch ein paar Lieder von Cat Stevens. Jesus liebte die Songs von Cat Stevens, der sich ja inzwischen Yusuf nennt, seit er zum Islam konvertierte. Doch das störte Jesus nicht, denn Musik kennt keine Grenzen, quasi eine Art erweiterte Ökumene. Mit der Gitarre in der Hand schlief er schließlich ein.

Am nächsten Morgen wollte Jesus lange schlafen, doch daraus wurde nichts, denn Petrus weckte ihn schon kurz nach acht, weil Gott bereits ungeduldig beim Frühstück wartete. Noch halb den Polster im Gesicht schleppte er sich ins Bad, um wenigstens einigermaßen zivilisiert auszusehen, denn sein Vater sollte nicht den Eindruck gewinnen, er hätte auf der Erde nur Party gemacht. Schließlich ging er schwungvoll zum Frühstückstisch, den Petrus an diesem Morgen auf der Terrasse reich deckte, da er zuvor für das passende Wetter gesorgt hatte. Dort saß Gott ungeduldig mit den Fingern auf den Tisch klopfend bis er endlich das erlösende „Da bist du ja mein Sohn!" ausstoßen konnte. Er sprang auf, umarmte Jesus und drückte ihm einen dicken Kuss auf die Stirn. Jesus nahm am Frühstückstisch Platz, zur Rechten Gottes, seines Vaters. Er war glücklich wieder zu Hause zu sein, Gott war beruhigt und Petrus war es auch, da ihn Gott nun nicht mehr nervte.

„Petrus macht uns einen Espresso, das kann er in letzter Zeit besonders gut, was weiß ich warum", sagte Gott und fragte Jesus nach seinen Wünschen für das Frühstück.

„Ich kenne die Gewohnheiten deines Sohnes", unterbrach Petrus Gott leicht gereizt um sich dann an Jesus zu wenden. „Frühstück wie immer, Jesus?"

„Wie immer, Petrus, danke, und bitte gleich einen doppelten Espresso", bedankte er sich schon im voraus. „Eure Neckereien sind mir fast schon abgegangen."

„Ach weißt du", seufzte Gott, „Petrus und ich kennen uns schon eine Ewigkeit, wir sind wie ein altes Ehepaar. Er spielt besser Karten, ich besser Schach. Wir ergänzen uns hervorragend, aber wenn du nicht da bist, herrschen immer leichte Spannungen zwischen uns."

„Na, jetzt bin ich ja wieder da", lachte Jesus.

„Aber lass uns nicht über Petrus reden, das alte Haus, erzähle lieber was war auf der Erde", konnte Gott seine Neugierde nicht länger unterdrücken.

„Aber Vater, ich habe ja jeden Tag zu dir gebetet", erwiderte Jesus.
„Jesus, ich habe dir schon hundert Mal gesagt, du sollst nicht immer dieselben Texte beten, das machen ohnehin die Menschen jeden Sonntag. Ich wollte Fakten wissen, Details, Einzelheiten, Neuigkeiten, keine Schönrederei", war Gott leicht verärgert.
„Das wusste ich nicht", entschuldigte sich Jesus und wollte mit seinen Erzählungen beginnen, als ihn Gott noch kurz unterbrach.
„Petrus, setz' dich zu uns und höre dir an, was Jesus zu berichten hat, sonst muss ich dir nachher wieder alles erzählen. Die Vormittagstermine verschiebe bitte auf nach den Mittagsschlaf."
Petrus nahm seine Espressotasse und folgte wie gewohnt den Worten Gottes. Endlich begann Jesus zu erzählen.
„Also im Großen und Ganzen lebt es sich wirklich gut auf der Erde. Es gibt immer noch herrliche Landschaften, vorzügliches Essen und dann diese Weine, aber Hallo!. Vor allem mit der Steiermark hast du dich selbst übertroffen, Daddy."
„Jesus, bleib bitte bei den Fakten", unterbrach ihn Gott.
„Tschuldigung. Jedenfalls kann ich nur schwer nachvollziehen, warum so viele da unten spinnen, wenn sie es eigentlich sehr schön haben. Alle Details zu meiner Reise könnt ihr übrigens in meinem Reisebericht nachlesen: Die Effizienz in der Pendeluhr oder wie der Menschenverstand aus derselben erwacht."
„Wie bitte?", fragte Petrus erstaunt.
„Petrus bitte, halte uns nicht mit so unnötigen Bemerkungen auf", erwiderte Gott gereizt. „Fahr fort, mein Sohn."

„Jedenfalls habe ich diesen gemeinsam mit Magdalena, meiner Begleiterin, verfasst"
„Mit wem, bitte?", fragte Gott
„Jetzt bemerkst du unnötig, oh Herr", warf Petrus ein.
„Petrus, bitte, entweder verhältst du dich ruhig, oder sonst kümmere dich wieder ums Wetter", wurde Gott immer gereizter. „Also Jesus, wer ist diese Magdalena?"
„Na meine Begleiterin! Ich habe dir doch erzählt, dass ich nicht alleine sondern mit einer jungen Frau die Reise antrete. Du weißt schon, wegen der Tarnung", klärte Jesus auf.
Petrus konnte sein Schmunzeln nicht verbergen und erntete dafür kühle Blicke Gottes. Wenn Blicke töten könnten...
„Ja ja, ich erinnere mich wieder, du hattest mir davon erzählt. Ich bin auch nicht mehr der Jüngste", tat Gott seine Gedächtnislücken als harmlos ab.
„Geht's wieder? Wie gesagt findet ihr alles in diesem Bericht. Wir haben uns jeden Tag eines eigenen Themas angenommen und all unsere Beobachtungen, Meinungen und Lösungsvorschläge zu Papier gebracht. Magdalena ist eine sehr intelligente Frau, müsst ihr wissen. Ihr Lösungsvorschlag war, die Dummheit abzuschaffen."
„Hahaha", konnte sich Petrus nicht mehr halten, „eine weltklasse Idee. „Da wäre dann das Problem der Überbevölkerung auf der Erde auch gleich gelöst, denn viele blieben da nicht über."
„Petrus, bitte bleib konstruktiv", platze Gott beinahe der Kragen. „Du weißt, Jesus, dass das nicht mehr geht. Das war ein Qualitätsmangel damals, den wir nicht mehr korrigieren konnten. Habt ihr keinen anderen Vorschlag gefunden in der Woche?"

„Natürlich haben wir das, Daddy. Im Grunde müssen wir die Menschen nur wieder auf den Boden der Realität zurückbringen, sie sind zu abgehoben, zu oberflächlich und zu intolerant geworden. Ihre Prioritäten sind aus dem Gleichgewicht geraten, ihre Bedürfnisse nehmen surreale Ausmaße an und irgendwie scheint es, als wären sie ewig Suchende, die nie zur Ruhe kommen. Sie müssten sich bloß ihrer Herkunft besinnen, ihre Wertigkeiten wieder ins Gleichgewicht bringen, sich auf ihre Intuition verlassen und sich wieder ihres Menschenverstandes besinnen."
„Tun sie das nicht?", fragte Gott.
„Nein, das tun sie nicht. Zumindest die meisten von ihnen", bestätigte Jesus erneut seine Ausführungen.
„Klingt aber nicht unlösbar", gab sich Gott optimistisch, während Petrus schwieg, um den Herrn nicht wieder zu verärgern.
„Du sagtest, ihr hättet euch jeden Tag eines eigenen Themas angenommen. Gehen wir diese einmal im Einzelnen durch", schlug Gott vor.
„Gerne, Daddy", Jesus blätterte in seinem Reisebericht, „in den ersten beiden Tagen ging es vordergründig um Gleichberechtigung und zwar zuerst um jene zwischen In- und Ausländern und dann um die Gleichberechtigung der Frau."
„Kein sehr spannendes Thema, da sollte es nicht allzu große Ungleichheiten geben", warf Gott mit einem leichten Schulterzucken ein.
„Dachte ich auch, ist aber nicht so", klärte Jesus seinen Vater auf, „und obwohl es sich um völlig unterschiedliche Rahmenbedingungen handelt, ist das Grundproblem dasselbe. In Wahrheit gibt es keine klaren Täter- und Opferrollen, vielmehr verschwimmt alles und

es geht letztendlich um gar nicht viel. Die Ungleichheiten, die zweifelsohne vorhanden sind, werden nicht logisch analysiert und gelöst, sondern aufgeblasen und hochgespielt. Da fließen Egoismus, Geltungsdrang und Machtspiele mit ein, sicherlich auch Rachegelüste und Schuldzuweisungen, und letztendlich scheitern Lösungen an Sturheit, Eigeninteresse und Feigheit. Die Menschen können offenbar nicht aufeinander zugehen, Fehler eingestehen oder gar nachgeben, aus Misstrauen, der eine könnte den anderen dann übervorteilen."

„Und was sollen wir da dagegen tun?", fragte Gott etwas verwundert.

„Wir müssen ihnen die Augen öffnen, sie sehend machen für die wesentlichen Dinge im Leben, damit sie sich nicht unnötig Steine in den Weg legen", hatte Jesus unter der Rubrik ‚Lösungen' notiert.

„Wie oft denn noch, mein Sohn, wenn sie nicht sehen wollen, sollen sie es bleiben lassen. Irgendwann verliere ich auch meine Geduld", war Gottes kurze Antwort, „was war an den anderen Tagen?"

„Willst du denn gar nicht eingreifen in diese Themen?", fragte Jesus leicht enttäuscht.

„Nein. Was war an den anderen Tagen?", wiederholte Gott.

„Wenn du meinst", erwiderte Jesus knapp. „Am dritten Tag haben wir uns mit Politik und Konzernen beschäftigt, wobei es hier keine wesentlichen Unterschiede gibt. Beide werden von Macht und Geld regiert, von Lobbyisten, Intriganten und Spekulanten. Gewinnmaximierung um jeden Preis, Scheinheiligkeit, um nicht zu sagen Verlogenheit, sowie Vortäuschung falscher Tatsachen bilden hier das Tagesgeschäft. Die

Denkweise scheint eher kurzfristig ausgelegt zu sein, da es nicht darum geht, gute Lösungen für die Allgemeinheit zu finden, sondern die eigenen Interessen zu befriedigen. Hier müssten wir dafür Sorge tragen, dass der Mensch kritischer wird und mehr zu seiner Selbstverantwortung zurückfindet. Er muss wieder lernen zu denken und sein Handeln dahingehend ändern, dass die wenigen, die in den oberen Reihen versuchen zu denken und zu lenken, zur Vernunft gezwungen werden. Damit leite ich auch gleich über zu Tag Fünf, an dem wir uns mit menschlichem Regelwerk und Expertisen beschäftigt haben. Der Mensch hat das Denken scheinbar deshalb verlernt, weil er im Laufe der Zeit mit Regeln und Vorschriften zubetoniert worden ist. Bei den wenigsten Dingen, die er tut, gebraucht er noch sein Hirn, er muss sich nur an Vorschriften halten, die oft gar nicht mehr hinterfragt werden. Er verblödet und verkümmert zusehends, man könnte fast sagen, er entwickelt sich zurück. Hier muss es uns gelingen, dass er einfach seinen Menschenverstand einsetzt, dann werden die meisten Regeln überflüssig und die Menschen können wieder völlig normal miteinander umgehen."

„Das ist aber nicht unser Job, Jesus. Den Menschenverstand haben sie bekommen und wenn sie ihn nicht einsetzen, sind sie selbst schuld", war Gottes kurzer aber prägnanter Kommentar.

„Aber Daddy, wir können doch nicht zulassen, dass das so weiter geht", wurde Jesus aufgeregt.

„Was heißt hier zulassen? Langsam habe ich es wirklich satt, mir immer vorwerfen zu lassen, was ich alles zulasse. Ich lasse überhaupt nichts zu, ich habe den Menschen mit Vernunft, Logik, Menschenverstand und Emotionen ausgestattet und wenn er diese Attribute nicht nutzt und dann alles kaputt macht, ist er selbst schuld. Das ist keine Frage von Zulassen. Die Menschen sind als eigenverantwortliche Wesen erschaffen worden und haben diese Eigenverantwortung und Unabhängigkeit auch immer wieder eingefordert, also sollen sie bitte auch die Konsequenzen ihres Handelns tragen und nicht mir alles Schlechte in die Schuhe schieben."

„Gehst du jetzt nicht etwas hart mit den Menschen ins Gericht?", meldete sich Petrus auch wieder zu Wort

„Findest du? Über dich maulen sie ja auch ständig, weil das Wetter nicht passt. Entweder ist es ihnen zu kalt oder zu warm", konterte Gott.

„Das ist etwas anderes", beschwichtigte Petrus.

„Für mich ist es dasselbe", unterstrich Gott seinen Standpunkt, „letztendlich läuft es immer darauf hinaus, dass wir an allem Schuld sind und das kann und will ich so nicht länger hinnehmen. Was hast du die restlichen beide Tage gemacht, mein Sohn?", wandte er sich schließlich wieder an Jesus.

„Also am vierten Tag habe ich mich mit der Kirche beschäftigt und das hat mich persönlich am meisten getroffen, denn da muss ich dir Recht geben, dass viele Schäfchen in unserer Kirche nicht immer in unserem Sinne agieren. Mit deinem Namen wird viel Schindluder getrieben, du wirst zu oft als Vorwand genommen, damit gewisse Personen ihre Eigeninteressen leichter durchsetzen. Der Bogen spannt sich dabei von Angst, über Androhung von Strafen, bis hin zu Kriegen. Stell dir vor, manche drohen den Menschen sogar mit der Hölle, also wenn die Menschen so tun, wie ihnen vorgeschrieben wird, kommen sie ins Paradies und wenn nicht, dann eben in die Hölle."

„Willst du mir sagen, dass andere sich anmaßen zu urteilen, ob wir ihnen gnädig sind oder nicht?", fragte Gott leicht verärgert.

„In vielen Fällen ist das tatsächlich so", klärte Jesus seinen Vater auf. „Die Schriften wurden so verändert und interpretiert, dass sie als Machtinstrument eingesetzt werden."

„Jetzt ist aber genug", resümierte Gott. „Wenn sie sich gegenseitig blöd behandeln, ist das noch ihr Problem, aber wenn sie anfangen, meinen Namen in den Schmutz zu ziehen, hört sich der Spaß auf. Ich bin es mir eigentlich leid, das noch länger mitzumachen. Sollen sie doch bleiben wo sie sind und schauen, wie sie alleine zurecht kommen."

„Aber Daddy, sie brauchen unsere Hilfe", versuchte Jesus erneut, seinen Vater umzustimmen.

„Diese Hilfe könnten sie schon haben, seit du damals zum ersten Mal unten warst. Das ist lange her und wenn sie es bis heute noch immer nicht begriffen haben, dann kommt eigentlich jede Hilfe zu spät. Oder sie wollen diese Hilfe vielleicht gar nicht."

„Nein Daddy, das kann ich so nicht akzeptieren", wagte Jesus seinem Vater zu widersprechen. „Ich komme gerade von unten und ich spüre, dass sie diese Hilfe annehmen würden, sie brauchen nur ein Zeichen. Wir müssen das Pendel wieder in die Gegenrichtung schlagen lassen, es ist noch nicht zu spät."

„Wie viele Zeichen willst du ihnen denn noch schicken? Wenn sie nicht wollen oder können, dann eben nicht. Es ist ja ihre Erde, nicht meine. Und müssen tun wir überhaupt nichts", sprach Gott, stand auf und zog sich zurück.

Jesus und Petrus blieben betreten sitzen und blickten Gott nach, wie er enttäuscht und verärgert die Himmelsterrasse verließ.

„Verstehst du seine Reaktion?", wollte Jesus von Petrus wissen.

„Ach weißt du, Jesus, es ist halt nicht leicht für deinen Vater. Er ist so ein gutmütiges und selbstloses Wesen und will eigentlich nur das Beste für seine Herde. Irgendwie hast du ihm mit deinem Bericht wohl bestätigt, was er ohnehin gefühlt hat. Dein Vater hat nicht verdient, was mit seinem Namen angerichtet wird. Das kränkt ihn natürlich und lässt ihn nach so vielen Jahren, in denen er wieder und wieder versucht hat, die Menschen zur Raison zu bringen, offenbar resignieren", versuchte Petrus die Situation zu erklären.

„Aber gerade deshalb möchte ich ihm ja dabei helfen", verstand Jesus den Himmel nicht mehr.

„Das ist ja gut gemeint von dir, Jesus, aber vielleicht fragt er sich, warum du es heute schaffen sollst, wenn es dir damals schon nicht gelungen ist."

„Weil ich heute älter bin und aus meinen Fehlern gelernt habe. Ich weiß, dass ich ihn damals enttäuscht habe und gerade deshalb will ich ihm ja beweisen, dass es heute klappt. Warum gibt er mir keine Chance, es wieder gut zu machen?", wurde Jesus schon etwas verzweifelt.

„Lass ihn heute einmal alleine", schlug Petrus vor, „er soll sich ausruhen und über alles noch einmal nachdenken. Wir reden dann morgen noch einmal mit ihm. Ich bringe ihm erst einmal eine Tasse Tee, Espresso hatte er schon genug, zuviel davon macht ihn unruhig und nervös."

„Vielleicht hast du recht, Petrus. Du kennst ihn doch am besten. Aber ich kann einfach nicht verstehen, warum er die Flinte ins Korn werfen will. Die Welt ist doch zu schön, um sie aufzugeben" Jesus war traurig und enttäuscht, aber er vertraute Petrus, obwohl ihn dieser seinerzeit verleugnete.

*

Epilog:

Als ich seinerzeit im Supermarkt von Villeneuve Loubet am Honigregal stand und unseren deutschen Touristen sah, begann ich mir Stück für Stück diese Geschichte auszudenken, am Strand oder wenn ich nachts nicht schlafen konnte. Ehrlich gesagt habe ich mir damals das Ende anders vorgestellt, optimistischer, positiver und mit mehr Gottvertrauen. Im Laufe der Monate, in denen ich an diesem Buch geschrieben habe, mir über all die Dinge den Kopf zerbrach und in diversen Medien Berichte gelesen und gehört habe, die ich dann aus meiner Sichtweise niedergeschrieben habe, kamen mir immer mehr Zweifel. Zweifel, ob es uns tatsächlich gelingen kann, unserem Menschenverstand jene Wertigkeit einzuräumen, die er definitiv verdient und die auch notwendig ist, wenn sich etwas ändern soll. Zweifel, ob das Pendel tatsächlich noch rechtzeitig in die Gegenrichtung ausschlägt, ob der Mensch wirklich noch effizient agieren lernt. Nicht, dass ich unzufrieden wäre oder gar ohne Hoffnung, aber je mehr man sich mit den von unseren Reisenden behandelten Themen auseinandersetzt, desto öfter wundert man sich, wie

mühsam manche Dinge sind, weil sie so unnötig aufgebauscht werden, anstatt sie mit vernünftigen Lösungen ein für alle Mal aus der Welt zu schaffen.
Und so stellt sich am Ende selbst Gott die Frage, ob der Mensch das überhaupt noch ändern will, spielt sich sogar mit dem Gedanken zu resignieren. Jesus hingegen bleibt voll Optimismus, dass der Mensch noch lernfähig ist und sich alles zum Guten wenden kann, wenn man ihm nur einen Schubser gibt.

Für mich bleibt diese Frage offen. Was meinen Sie, verehrter Leser?